Den ofödde

Förord

Den här boken tillägnas mina älskade föräldrar Göran och Birgitta Fredriksson. Båda mina föräldrar var underbara människor men som alldeles för tidigt gick bort i cancer. Jag vill passa på att påminna er läsare om att inte glömma bort att säga till dem som står er närmast i livet hur mycket de betyder för er innan det kanske är försent. En del av eventuella inkomster för den här boken kommer att tillfalla kampen mot cancern som kan drabba alla, gammal som ung. Till er som just nu är inne i kampen och kämpar mot denna förfärliga sjukdom vill jag bara säga, var starka och ge aldrig upp.

Jag vill också rikta ett speciellt tack till arbets-kollegan Johan Hortling. Utan hans hjälp med redigeringen av boken hade det aldrig blivit en slutprodukt. Sist men inte minst ett stort tack till min fantastiska fru Catarina som skött det mesta hemma och låtit mig sitta och arbeta med boken vid datorn.

Douglas Fredriksson

Den ofödde

© 2015 Douglas Fredriksson

Omslag: BoD – Books on Demand
Förlag: BoD – Books on Demand, Stockholm, Sverige
Tryck: BoD – Books on Demand, Norderstedt, Tyskland
ISBN: 978-91-7699-467-2

Inledning

Helvetet är tomt. Alla jävlar är här. (Hamlet)

Ljus och mörker har alltid funnits ända sedan tidernas begynnelse. Lika säkert som det alltid har funnits varandras motsatser så har det också alltid funnits gott och ont. Dessa parallella krafter har under alla tider kämpat mot varandra om herraväldet. En del kallar det samvete andra något annat, men motsatserna finns inom alla människor och kampen om din själ är evig.

Vare sig man tror på Gud eller Djävulen så kan man aldrig blunda för de dolda krafter som hela tiden verkar mot varandra. Känslan att det onda håller på att ta över och segra är ingen inbillning utan ett iskallt faktum som är svårt att förneka. Ondskan sluter sig som en kall, våt filt över jorden och mänskligheten. Som en jättelik bläckfisk når dess tentakler in i minsta skrymsle. Det svarta och illvilliga tar över allt fler och förmörkar våra hjärtan. Krig med bestialiska grymheter och stora naturkatastrofer översvämmar oss via tv och andra nyheter.

En del läror säger att vi nu är nära tidens ände och kampen är på väg att förloras eller att den redan är förlorad. Mitt i allt detta så föds ett litet frö som är ljuset och som kommer att stå upp mot ondskan. Är det något ondskan fruktar mer än något annat så är det just detta som nu kanske kan komma. Det är aldrig försent att välja sida. Valet varje enskild människa gör kommer att vara avgörande för vilken sida som segrar. Låt kampen börja.

Kapitel 1 – Stålbadet

Kylan runt hans kropp var förlamande. Vattnet trängde obönhörligt in från alla håll och kanter. Adam förstod att han snart skulle dö men han vägrade att ge upp. Inte riktigt än. "Tänk logiskt", for genom hans huvud. För länge sedan hade han sett ett tv program om hur man tog sig ur en bil som hade hamnat i vattnet. På vilket djup hade han och bilen hamnat? Han kände sig yr av smällen han fått när fordonet klöv vattenytan. Han hade slagit huvudet i instrumentbrädan och blödde ymnigt ifrån ett sår över höger öga. Minst ett par revben kändes som om de hade gått sönder vid den stenhårda smällen mot vattenytan. Adam försökte komma ihåg vad de hade sagt på tv och så plötsligt mindes han. Man skulle vänta tills bilen var nästan helt vattenfylld, ta ett djupt andetag av luftfickan som fanns vid taket och sedan öppna rutan i dörren. Först då kunde man ta sig ut. Adam trodde att han och bilen låg på tio till tolv meters djup. Han hade hamnat cirka tio meter ut i dammen när bilen flög över kanten. Adam hade varit under vatten i över två minuter och bilen var nu vattenfylld till hälften. Varför hade inte bromsarna fungerat på vägen ned mot staden där han jobbade?

Adam skulle gå på kvällsskiftet på brandstationen där han tjänstgjorde som brandman under brandmästare Brogans ledning. Vägen ned mot staden var brant och han och Marias hus låg högt uppe på berget med en vidunderlig utsikt över staden och det vackra landskapet. På den stora tomten växte det flera fruktträd som gav rikligt med äpplen och päron. Även ett stort körsbärsträd fanns vid ena änden av tomten. Maria som tyckte om att odla hade för hand grävt (med en hel del hjälp av Adam) ett stort land där det nu både växte potatis, morötter och jordgubbar. Huset hade de köpt billigt och efterhand då de haft råd, totalrenoverat det gamla trähuset. Nu var det bara lite småfix kvar innan allt var klart. Det sista det gjort i ordning var barnkammaren. De hade tapetserat rummet med en havsblå tapet med små gulliga vita moln i bakgrunden. Det var Maria som hade bestämt vilken tapet de skulle ha i den lokala färgaffären, då hon fått för sig att det var en pojke de väntade. Maria hade sagt att även om det blev en liten flicka så passade tapeten ändå. Nu höll Adam på att måla huset gult tillsammans med bästa kompisen Martin och de var redan inne på andra strykningen. In till staden var det knappt en mil att köra. Det var en pittoresk liten småstad med cirka femtiotusen invånare. Någon gång om året var det en större brand att bekämpa men vanligtvis ryckte de ut på skogs, mark och andra småbränder i garage och liknande byggnader. Inte alltid så spännande men Adam trivdes i sin roll som brandman. Speciellt den goda kamratskapen var något som han värdesatte.

På vägen ner till staden från deras hus passerade man dammen som låg strax nedanför den knivskarpa branten. Det var just där han tappade kontrollen. Adam hade kört igenom skyddsräcket efter att desperat försökt hålla bilen kvar på vägen. Han hade nästan lyckats med det omöjliga men i den näst sista hårnålskurvan gick det inte att hålla bilen på rätt kurs. Han hade brakat rätt igenom skyddsräcket och flugit rakt ut i dammen i cirka sjuttio kilometer i timmen. Räcket hade bromsat upp farten en del, men smällen hade varit så kraftig att han hade förlorat medvetandet en kort stund trots krockkuddarna. Varför hade inte bromsarna fungerat, frågade han sig igen. Det var bara tre månader sedan som han hade servat bilen och efter det hade det inte varit några som helst problem. Nåväl, nu hade han större problem att fundera över. Vattnet steg snabbt och inom kort skulle hela bilen vara vattenfylld. Trots blodförlusten ifrån såret kände han sig inte speciellt yr. Försiktigt kände han på sin kropp med fingrarna. Inga ben brutna, bara de ömmande revbenen. Både armarna och benen fungerade som de skulle. Han hade fått en rejäl bula i tinningen som nu svullnade mer och mer, men förutom det var han okey. Adam var tvungen att ta sig ut. Han såg för en kort sekund Maria framför sig med det röda hårsvallet och hennes perfekta kurviga kropp som nu hade börjat bli riktigt rund om magen. Hon var i åttonde månaden och tanken på att han inte skulle få se sitt barn var outhärdlig. Han ville verkligen inte dö här i bilvraket i det svarta vattnet. Paniken och klaustrofobin inne i den mörka bilen höll på att göra honom tokig. Tårarna trängde fram i ögonen och han blev tvungen att blinka och svälja bort klumpen som han hade i halsen. Instinktivt kände han att han bara måste överleva för sin familjs skull. Adam var vältränad och nu spände han varenda muskel i kroppen samtidigt som han kände hur adrenalinet flödade genom artärerna. Han visste att han sett en lokal fiskare som hade stått och fiskat alldeles i närheten av platsen där han körde igenom vägräcket. Han hoppades att mannen hade larmat räddningstjänsten. Eftersom han själv var brandman så visste han exakt hur lång tid det skulle ta för hans kollegor att komma dit efter att de mottagit larmet.

Brandmännen hade många gånger varit vid dammen och övat olika räddningsinsatser med dykarna i gruppen. Max sju minuter efter larmet skulle de vara här. Han hade fortfarande en chans att få hjälp om han höll nerverna i styr. Snart hade han legat över tre minuter under vattnet och bilen skulle vara helt vattenfylld inom någon minut. Hans bil var en nyare modell och hade naturligtvis mekaniska fönsterhissar och de fungerade inte längre. I sidofacket på dörren hade han en glashammare som han kunde använda för att spräcka rutan. Gick inte det så skulle han göra vad han kunde för att försöka sparka sönder rutan. Nu var det bara sekunder kvar innan kupéutrymmet inne i bilen var helt fyllt med iskallt vatten. Adam tog ett djupt andetag i utrymmet längst upp mot innertaket som fortfarande inte var vattenfyllt. Nu gäller det, tänkte han. Jag får bara en chans innan det är försent. Han kände den välbekanta cellskräcken och klaustrofobin komma krypandes igen, men lyckades med en enorm kraft- ansträngning ta sig samman. Han famlade febrilt efter glashammaren i sidofacket. Hans händer skakade av rädslan och han svor inom sig. Där kände han den lille hammaren under ena fingertoppen och han lyckades lirka upp den i ena handen. Snabbt utan att tänka dök han ned under vattnet och började bearbeta rutan på passagerarsidan med all kraft han hade inom sig.

Kapitel 2 – Fiskaren

Jacob var en man som hade sett sina bästa år. Han hade precis passerat sjuttio och kroppen fungerade inte precis som den väloljade maskin den hade varit i tjugo årsåldern. Förr hade han älskat att spela rugby, tennis och springa i skogen. Numera sedan fem år tillbaks så var fiske hans stora intresse. Han hade gått upp tidigt för att gå till dammen och fiska. Han visste att det nappade som bäst i soluppgången. Tanken på ett par fina foreller i stekpannan gjorde att det vattnade sig i munnen på honom. Han var fullt koncentrerad på fiskedraget när smällen ovanför hans huvud fick honom att rycka till. Jacob såg hur bilen med full kraft körde igenom räcket och landade en bra bit ut i vattnet. Chocken gjorde att han stod och gapade med öppen mun i flera sekunder. Samtidigt såg han hur bilen sakta med fronten först försvann under vattenytan. Plötsligt vaknade han till. Hans fru såg alltid till att han hade med sig sin mobiltelefon eftersom hon alltid oroade sig för honom. Speciellt efter den hjärtoperation han fått genomgå förra året så fick han inte gå någonstans utan den förbannade mobiltelefonen påslagen på högsta volym.

Just nu var han väldigt glad över sin frus omtanke. Snabbt drog han fram mobilen ur sin bröstficka och slog numret till SOS alarm. Han kom nästan genast fram och förklarade för räddningsoperatören sitt ärende, sedan lade han på luren och väntade.

Morgonskiftet under brandmästare Brogans ledning hade hunnit med genomgången när larmet kom. De var inklusive brandchefen tio man i tjänst. Brogan var irriterad idag eftersom Adam var borta och inte hade hört av sig. Han hade bara varit sjuk en gång i influensa och då hade han ringt direkt till stationen. Även Adams bästa vän Martin som också arbetade som brandman hade inte dykt upp. Så nu var de lite kort om folk. Konstigt! tänkte Brogan. Nu fick de ett larm som sade att en bil kört ned i dammen på samma väg som Adam åkte när han skulle till arbetet. En gnagande oroskänsla irriterade Brogans begynnande magsår. Det var som en föraning om olycka men han slog bort tanken. Nu gällde det att dra på så mycket det gick. Både Jeff och Thomas arbetade idag och de var stationens bästa dykare. Jeff ägnade mycket av sin fritid till dykningen och Thomas hade varit attackdykare i det militära innan han blev brandman. Brogan skyndade på sina mannar så mycket han kunde. De lastade fort upp gummibåten med utombordaren på släpet bakom deras fyrhjuls-drivna jeep. Sex man med de två dykarna var

påväg mot olycksplatsen inom bara några minuter. Tanken, eller rättare sagt föraningen på att det kunde vara Adam som råkat illa ut gjorde att Brogan manade på sina mannar att ta i lite extra. På vägen mot dammen ringde han till Adams fru Maria. Hon svarade på tredje signalen."Nämen hej chefen", skojade Maria när hon hörde vem det var som ringde. Hon och Brogan var mycket goda vänner och de kunde skoja om det mesta fast Brogan var Adams chef. "Vad har du på hjärtat?" frågade Maria.
"Var är Adam?" undrade Brogan.

"Han är väl på jobbet. Han åkte för cirka tjugo minuter sedan", svarade Maria. "Det har väl inte hänt något?"

"Adam har inte dykt upp på jobbet än men han kommer säker snart". Det sista Brogan ville var att oroa Maria i onödan, nu när hon dessutom var gravid.

Maria hade anat oron i Brogans röst och som de flesta kvinnor hade hon ett sjätte sinne och kunde känna på sig när något var fel.

"Försök inte vad är det som har hänt?"

"En bil har kört ned i dammen men det behöver inte betyda att det är Adam. Jag ville bara ringa och höra efter så att han inte var sjukskriven."

"O Herre Gud!" Jag kommer till er så fort jag bara kan.

"Du ser oss på vägen. Måste lägga på vi är framme nu", svarade Brogan kort.

Maria hörde klicket i örat. Av chocken stod hon stilla i flera sekunder innan hon fick fart. Hon sprang ut ur huset och i farten glömde hon att låsa ytterdörren.

"Låt det inte vara Adam käre gode gud ", upprepade hon gång på gång springandes till sin lilla limefärgade Fiat Ducato som stod parkerad på garageuppfarten. Bilen hade hon fått av Adam när de träffades och hon älskade den verkligen. Med en rivstart satte hon fart nedför backen mot dammen. Hon hade tidigare i livet varit rädd, men den gastkramande skräck hon nu kände hade hon aldrig varit i närheten av. Hennes oro gjorde att den lille i magen började sparka vilt. Hon tvingade sig att andas långsamt och äntligen efter några minuter lugnade barnet ned sig och slutade sparka. Hon fortsatte nedför backen men nu i lite lugnare takt. Det lönar sig inte att hon också körde av vägen tänkte hon spänt när hon i hög fart svängde runt nästa kurva. Snart skulle hon vara framme. Hon kund inte låta bli att tänka på vad Brogan just sagt. En bil hade kört ned i dammen och just nu höll "någon" på att drunkna.

Kapitel 3 – Återupplivningen

Jacob stod kvar och väntade när brandbilen kom körandes med påslagna sirener. Han pekade lugnt ut platsen för brandmännen där bilen försvunnit. Snabbt fick de gummibåten i vattnet och drog igång utombordaren. Både Jeff och Thomas var redan ombytta i svarta våtdräkter. De justerade sina masker och andningsreglagen, innan de med en bakåtvolt hävde sig ned i vattnet på platsen som fiskaren pekat ut. Kvar i båten satt den unge Tom som bara hade arbetat som brandman i sex månader och fortfarande var aspirant. De två dykarna såg nästan omedelbart en ljuskägla nere i djupet.

Måste vara bilens strålkastare, tänkte Jeff. Han tittade mot Thomas och gjorde ett tecken med handen och så började de gemensamt med kraftiga bentag ta sig ned mot bilvraket som såg ut att ligga med fronten nedåt på cirka femton meters djup. Thomas som var den något snabbare simmaren kom först fram till bilen. I mörkret såg han konturerna av en manskropp hängandes halvvägs ut ur sidofönstret på förarsidan. Så fort han kunde simmade han dit. Han kände genast igen sin kamrat och kollega som verkade vara medvetslös. Det såg ut som om Adam trasslat in sig i bilbältet och fastnat när han försökte ta sig ut genom den krossade rutan. Jeff slet blixtsnabbt upp sin dykarkniv och med ett snabbt snitt skar han av bältet. Med gemensamma krafter drog de ut Adam ur bilen och påbörjade färden upp mot vattenytan. De kom upp cirka tjugo meter ifrån gummibåten som låg och guppade i vattnet. Thomas simmade före och tog sig upp i båten, medan Jeff simmade på rygg med Adams huvud i ett stadigt grepp ovanför vattenytan. Thomas som väntat otåligt på Jeff drog upp den livlösa kroppen med hjälp av Tom. De startade motorn och satte full fart mot de andra som stod och väntade på land. På vägen in använde sig Jeff och Thomas av sina kunskaper i hjärt och lungräddning. Ömsom blåste de luft genom Adams mun för att i nästa stund ge hjärtmassage.

"Kör för helvete!" skrek Thomas desperat till Tom."Jag känner varken puls eller andning".

"Vi är snart framme", svarade Tom samtidigt som han såg ambulansen svänga upp bredvid brandbilen med tjutande sirener. I just det ögonblicket anlände Maria till platsen. Hon sprang genast bort till Brogan som stod och väntade vid kanten av dammen.

"Är det Adam?" Maria kunde se mannen de kämpade med liggandes livlös i botten av båten. Jo, nu kände hon igen den mörka kalufsen och det kändes som om benen försvann under henne. Hade det inte varit för Brogans snabba reaktionsförmåga hade hon ramlat handlöst i vattnet.

"Ta dig samman nu", svarade Brogan, något bryskare än vad han tänkt sig. Han fortsatte att hålla hårt i henne där de stod i gruset.

"Nu måste du vara stark för Adams och ditt barns skull".

Maria kände hur krafterna och färgen i ansiktet återvände samtidigt som den lille sparkade vilt i hennes mage. Tydligt störd av hennes oro.

"Du har rätt", svarade hon med darrig röst och lade ena handen över sin stora runda mage. Några sekunder senare var gummibåten framme vid land.

Olaf som var en mycket storväxt man lyfte ensam upp Adam ur båten. Olaf var den typ av brandman som var naturligt storväxt. Hans händer var stora som dasslock och han besatt en oerhörd styrka som de andra många gånger hade förvånats över. När de tränade på gymmet klarade han av att lyfta vikter som de andra inte ens kunde drömma om att klara. Nu lyfte han över Adam på ambulansmännens bår lika lätt som om han inte vägde mer än en fjäder.

”Undan ge oss plats!” skrek ambulansmännen samtidigt som de kontrollerade Adams andning och puls.

”Vi måste använda hjärtstartaren för att få igång hjärtat. Flytta på er.”

De tog defibrillatorn som alstrade elektriciteten och när kraften var tillräcklig tryckte de plattorna mot Adams bröst. Hela kroppen på Adam spändes uppåt i en båge av kraften i stöten. Andra gången de upprepade proceduren tyckte de att de hade fått en svag men ändå märkbar puls.

”In med honom. Nu kör vi till akuten så fort det bara går”, sa de båda ambulansmännen till Brogan innan de försvann ifrån platsen med blåljus och påslagna sirener.

”Nu har vi gjort vad vi kan”, sa Brogan till Maria som hela tiden hade stått och tittat på med händerna för ansiktet. Hon kunde inte längre hindra skriket att tränga ut ifrån munnen. Med en snyftning föll hon ihop på marken och tårarna började rinna utmed hennes kinder och vidare ned i gruset.

 Varsamt lyfte Brogan upp henne och borstade bort dammet ifrån hennes kläder.”Kom så sticker vi härifrån. Jag skjutsar dig till sjukhuset i din bil så slipper du köra själv. Jag vill ändå följa med till sjukhuset och se vad som händer där”.

Samtidigt som han tog hand om Maria gav han de andra instruktioner att stanna kvar på platsen tills sheriffen kom dit.

"Redogör för vad som hänt och tala om var vi är", sa han till männen.

"Det vore bra om du också stannade kvar", sa han vänd mot Jacob.

"Du är vittne till olyckan och det du har att säga är mycket viktigt".

Efter att Jacob nickat att han förstod, vände sig Brogan om och skyndade sig iväg med Maria mot hennes bil.

Kapitel 4 - Vännen och den onde

Nervöst tittade han på den nyinköpta Omega klockan. Nu var det försent att backa ur. Inte för att han hade ångrat sig på något sätt, men oron att de andra skulle förstå fanns där och den känslan gnagde som en levande råtta i magen på honom. Samtidigt kände han glädjen över att nu var det hans chans att få henne. Han hade alltid varit hemligt förälskad i samma kvinna. När hon sedan gick och blev kär i hans bäste vän försökte han hålla god min och hoppades på att det skulle gå över. Istället så både förlovade och gifte de sig inom mindre än ett år. Sedan den dagen spred sig giftet i hans kropp och han förbannade Adam inom sig, men visade aldrig något utåt. Det hela hade börjat för cirka tre månader sedan. Han satt ensam hemma och drack sin tredje öl för kvällen när det ringde på dörren. När han öppnade så fick han syn på en märklig uppenbarelse. Mannen som stod där var helt klädd i svart. På huvudet hade han en bred hatt som skymde det mesta av pannan. Det man genast lade märke till var ögonen som lyste med en så intensiv blick att han först instinktivt tog ett steg bakåt. Han tyckte att de skiftade i svart och gult på något konstigt sätt. Mannen log mot honom och presenterade sig som en försäljare av försäkringar. Motvilligt hade han släppt in försäljaren. Det var som om han inte kunde motstå mannens sammetslena röst. Förutom att sälja livförsäkringar så hade de mycket gemensamt. Utan att han riktigt förstod det så hade de pratat i flera timmar om allt möjligt. Han köpte aldrig någon försäkring men innan försäljaren gick så fick han ett visitkort.

"Om du vill träffa mig igen så finns jag alltid på puben Scottshead mellan sex och åtta på kvällen. De har väldigt god köttfärspaj", sa försäljaren och försvann ut genom dörren.

De följande veckorna hade han hälsat på försäljaren flera gånger i veckan på puben. Det var som om en osynlig kraft drog honom dit. Han öppnade sig fullständigt för första gången i sitt liv för en annan människa. Den femte gången de träffades berättade han sin livs största hemlighet. Om hur han älskade en annans mans kvinna och varför han därför så intensivt hatade hennes man, trots att det var hans bästa vän. Han blev förvånad när inte försäljaren var negativ eller föraktfull och inte heller verkade skrämd över vad han hade berättat. Tvärtom så talade försäljaren om hur mycket han förstod honom och hur självisk kvinnans man var. På försäljaren verkade det som om Martin var den som tänkte rätt och att hans vän Adam var den onde och elake. Även sjätte och sjunde gången de träffades

22

diskuterade de det här problemet i hans liv utan att komma fram till någon lösning. På deras åttonde träff sade försäljaren något som skulle förändra livet för honom för alltid. Det förstod han direkt.

"Jag kan hjälpa dig", hade försäljaren sagt.

"Hur då?" undrade Martin och såg på försäljaren.

"Du vill ha något som du inte kan få. Jag har också något som jag vill ha som du kan hjälpa mig med", hade försäljaren svarat kryptiskt.

"Vad exakt är det du vill ha av mig?"

"I sinom tid så ska du få veta. Hur som helst hur långt är du villig att gå för att få det du vill ha?"

"Hur långt som helst", hade han svarat.

"Då ska du och jag upprätta ett kontrakt", sa försäljaren och så började han förklara sin plan. Adam skulle röjas ur vägen på ett mycket raffinerat sätt. Det var bara att fixa bromsarna på bilen så skulle det hela se ut som en olycka. När Adam sedan var borta kunde han spela den sörjande vännen för att sakta men säker närma sig henne. Visst det skulle ta ett tag men han hade framtiden framför sig till skillnad ifrån Adam, tänkte han och skrattade skadeglatt för sig själv. Allt han behövde göra var att låna Adams bil genom att förespegla att han egen var trasig. Eftersom de var så goda vänner så skulle inte det bli något problem. Försäljaren gav honom en adress till en verkstad som han skulle ta bilen till. De såg till att allt verkade vara i sin ordning men inom loppet av åtta timmar så var bromsverkan så gott som borta. Det räckte att bromsa ett par gånger så var all kraft försvunnen. Allt de nu behövde göra var att bestämma när de skulle sätta planen i verket. Martin visste exakt vid vilken tid Adam åkte till arbetet. Om han lämnade bilen sent kvällen innan så skulle det inte vara någon risk att Maria använde bilen och råkade illa ut. Den vägen som Adam åkte till jobbet var fruktansvärt brant och han skulle inte ha en chans att stanna när väl bromsverkan upphört.

"Vem är du egentligen?" hade han frågat försäljaren då de för tredje gången hade gått igenom planen.

"Jag tror du vet det", svarade försäljaren och tittade på honom med sina gulsvarta ögon. I det ögonblicket liknade han en tiger som precis ska anfalla sitt byte.

Martin hade ryst till i hela kroppen när han anade svaret vem han hade att göra med. För en kort sekund så ångrade han sitt val och att han fortsatt att träffa den underliga försäljaren. På något sätt kände han att det inte fanns någon väg tillbaks. Han hade redan gått för långt och passerat den osynliga gränsen för flera samtal sedan. Han påminde sig om varför han gjorde det och hur mycket han ville ha henne och plötsligt var alla tvivel borta.

"Men vad vill du ha av mig i utbyte för att du hjälper mig?" Martin kände att han bara måste få veta vad den andre var ute efter.

"Det får du se när vi har satt igång men kom ihåg att du inte kan vägra vad jag än begär", sa försäljaren. Med de orden reste han sig upp, såg sig omkring och började gå mot utgången i andra änden av lokalen.

Martin satt kvar och såg på försäljarens rygg när denne banade sin väg genom den överfulla puben. Det var något konstigt med honom när han gick. Det såg ut som om han liksom svävade några centimeter ovanför golvet med skorna. En del i baren vek omedvetet undan medans andra på något underligt sätt log igenkännande mot försäljaren. Martin tyckte att desto mer berusade och stökig någon var, desto gladare såg de ut när försäljaren gick förbi. Till sist var försäljaren framme vid dörren. I ett kort ögonblick hade försäljaren vänt sig om och tittat med sina ögon rakt in i hans egna. Det var som om själva helvetets portar hade öppnats och han stirrade in i avgrundens djup. Så plötsligt var det över och dörren slog igen bakom försäljaren. På darriga ben hade Martin tagit sig hem och utmattad hade han slocknat i sin säng innan han ens hade tvättat av sig. När han vaknade nästa morgon kände han en fadd, klibbig smak i munnen. Vid frukostbordet med en stor kopp kaffe framför sig funderade han på sin framtid. Innerst inne visste han att han valt fel väg men att det nu var för sent att ändra sig. Han var rädd för den person han höll på att bli samtidigt som han inte såg någon annan utväg.

Han ville ha henne så intensivt att han var beredd att göra vad som helst. Till och med mörda sin bästa vän. Vad än försäljaren senare skulle kräva var han beredd att betala priset, bara han fick henne intalade han sig. När han nu kommit till klarhet med det kände han sig genast mycket bättre. Snart tänkte han när han gick naken över golvet mot duschen, snart är du min. Exakt nio dagar senare satte han planen i verket.

Kapitel 5 – Chocken

På något sätt måste Adam ha tagit sig ur bilen. Konstigt! tänkte han. Jag minns inte hur. Långt ovanför sig såg han ljuset och med kraftiga arm och bentag simmade han uppåt i vad som kändes som en evighet. Precis när luften nästan hade tagit slut i hans lungor så klöv han vattenytan. Det första som hände var att han fick en kallsup när han desperat försökte dra in luft i sina plågade lungor så att han höll på att storkna. Nästa andetag gick bättre och snart hade andningen lugnat ned sig. Som i en dimma såg han konturerna av en klippa som han simmade mot. Med hjälp av sina sista krafter tog han sig upp på stenen och svimmade omedelbart. Tiden gick och vattnet sköljde över honom.

Adam visste inte hur länge han varit medvetslös. Kanske fem- tio minuter eller ännu längre, men han vaknade av att solen lyste honom med ett varmt sken i ansiktet. Först såg han ingenting men ganska snart började han urskilja omgivningen omkring sig. Adam bara gapade av chock och förvåning. Vad i helvete var det här? Var det någon som drev med honom. Hade grabbarna hittat honom, märkt att det inte var någon fara och sedan lagt honom på den här platsen. Ingenting påminde om vägen hem, dammen eller något annat som han kände igen. Det han såg var mycket tät djungelliknande skog. Dammen såg numera ut som ett hav och klippan han låg på var belägen vid en sandstrand. Han gnuggade sig i ögonen och nöp sig hårt i armen för att se om han verkligen var vaken. Smärtan där han hade nypt sig själv var så påtaglig så han förstod att han var vaken.

Jag måste ringa hem, tänkte han för sig själv och trevade efter mobiltelefonen som låg i ena framfickan på jeansen. Naturligtvis ingen täckning. Dessutom var den så blöt så det var frågan om den fortfarande fungerade. Adam kontrollerade vad han hade i fickorna. Förutom mobilen hade han sin fickkniv som han alltid hade med sig. Nyckelknippan förstås, tändaren och plånboken. Han kände försiktigt på skadan ovanför ena ögat. Det hade slutat blöda och kändes helt okej. Revbenen smärtade en del men det var inte värre än att han kunde stå ut. Jag har haft en otrolig tur som lever, tänkte Adam. Den kraftiga smällen borde ha dödat honom men på något konstigt sätt hade han överlevt och också lyckats ta sig ut ur bilen. Det han inte förstod var hur han hade hamnat där han befann sig. Även om han drivit iväg en bit så skulle han känna igen landskapet. Det här var något helt annorlunda. Om han inte visste bättre så skulle han lika gärna kunna vara i Amazonas djungel. Med ens blev han varse alla konstiga ljud inifrån skogen. Mängder av fåglar lyfte plötsligt ifrån ett träd och skrek för full hals, skrämda av något osynligt på marken. Något större djur brölade ljudligt en bit in i skogen. Allt var grönare och annorlunda mot vad han var van vid. Hemma fanns det inte något som liknade den här sortens vegetation. Djungeln var så tät att den liknade en grön mur, omöjlig att ta sig igenom. Han ryste i hela kroppen fast det var varmt på land. Chockad såg han sig om igen.

På något underligt sätt hade han hamnat på den här platsen. Han visste ännu inte hur, men han var fast övertygad att ta reda på vad som pågick. Han kunde tänka logiskt så han hade tydligen inte blivit konstig av olyckan. Plötsligt tänkte han på Maria. Hon måste vara sjuk av oro vid det här laget. Jag måste ta mig högt upp så jag får en överblick vart jag befinner mig funderade han. Sedan måste jag ta mig till en plats där det finns människor som kan hjälpa mig. Adam fylldes återigen av beslutsamhet och såg sig omkring efter ett högt träd. Bara femtio meter ifrån honom stod en riktig jätte med en trädkrona som verkade fortsätta ända upp i himlen. Adam vadade in till land och tog sikte på trädet. Trots sina blessyrer kände han sig skaplig. Han lyckades hoppa upp och fick tag i de nedersta grenarna. Trädet var ganska lättklättrat och med blicken riktad uppåt började han klättra. Efter ett bra tag som nästan kändes som en evighet hade han klättrat så högt som det bara gick. Försiktigt särade han på lövverket för att få fri sikt.

Det han såg fick honom att tappa andan. Han snubblade till och höll på att ramla hela vägen ned mot en säker död. I sista sekund fick han tag i grenen ovanför sig och lyckades klamra sig fast.

Chocken gjorde honom helt paralyserad. Detta var inte möjligt! Adam gnuggade båda händerna i ögonen när han med förundrad blick såg ut över landskapet. Han hade aldrig sett något liknande. Landskapet var förhistoriskt och ovanför honom i himlen såg han inte bara en, utan två månar.
Jag är inte kvar på jorden insåg han. Frågan var hur han hade hamnat här och varför?

Kapitel 6 – Sjukhuset

Ambulansvårdarna hade redan förvarnat om att de var på väg in med en mycket svårt skadad man. Direkt när de med ambulansen passerat porten som ledde in till akutrummet möttes de av en läkare och en sjuksköterska. Läkaren hette Brian och var i trettiofemårsåldern. Trots sin ganska ringa ålder var han redan en mycket duktig och erfaren läkare. Ambulansmännen briefade snabbt in Brian och sjuksköterskan om vad som hänt. Efter att ha kontrollerat andningen och hjärt-verksamheten så kördes Adam på en bår in till ett rum. En hjärt och lungmaskin kopplades till hans kropp eftersom han hade haft andnings-stillestånd och ingen puls när han kom upp ur vattnet. Efter att Brian gjort alla nödvändiga kontroller kontrollerade han Adams pupiller. De var små och visade inga tecken att reagera på ljus. Misstänkt hjärnskada, tänkte Brian. Sjuksköterskan fick instruktioner att förbinda de ytliga skadorna som Adam hade. Brian sade till kollegorna att han skulle skriva en omedelbar remiss till huvudröntgen för att se om Adams hjärna var oskadad och intakt. Sedan gick han ut i besöksrummet där Brogan och Maria nu satt och väntade på varsin stol, utom sig av oro.

När Maria fick se läkaren sprang hon genast fram till honom med Brogan hack i häl.
"Lever han kommer han att klara sig!" skrek hon högt utan att bry sig om vad de andra i väntrummet tänkte.

"Han är allvarligt skadad", svarade Brian kort.

"Han kan även ha en hjärnskada men det är för tidigt att säga något än".

"Men han lever i alla fall?" fick Maria fram. Det kändes som hennes hals var en enda stor klump av ångest.

"Ja, just nu är han stabiliserad men det finns en sak som oroar mig".

"Vad menar du?" undrade Maria.

"Han visar tecken på att ha gått in i en permanent koma", svarade doktorn.

Brian fortsatte att utveckla skillnaderna mellan de tre faserna temporär, permanent koma och locket in syndrom. Den sista var en typ av koma där man var medveten om omgivningen men kunde inte meddela sig med den.

"Vad i helvete menar du med permanent koma", avbröt Brogan doktorn mitt i en mening.

"Förklara så man begriper människa", fortsatte han irriterat, alldeles röd i ansiktet av upphetsning och av den oro han kände.

Mycket långsamt och logiskt utan att bry sig om brandchefens utbrott började Brian förklara vad permanent koma innebar. Det var det djupaste tillståndet av medvetslöshet. Hjärnans kontroll över kroppens funktioner var utslagna. Det går inte att väcka en person som är i det här tillståndet på vanligt sätt. Många har legat medvetslösa i månader och år medan kroppen förtvinar och hjärnan skadas svårt. Många vaknar aldrig upp utan dör efter ett tag.

"Jag är ledsen men det finns inga garantier att vi får tillbaks Adam", sa Brian.

"Lyssna inte på honom", sa Brogan argt och vände sig till Maria.

"Finns det liv finns det hopp. Kan vi få besöka honom?"

"Mycket kort i så fall, han ska snart upp till röntgen och det är något vi inte vill vänta med".

"Han ligger på rum tre längst bort i korridoren".

"Nu får ni ursäkta mig men det har kommit in en allvarlig trafikolycka med två svårt skadade som jag måste ta hand om".

Brian nickade kort mot de båda, sedan vände han sig om och skyndade iväg mot akutrummet.

"Kom!" sa Brogan samtidigt som han tog tag i Marias hand. "Vi går in till honom".

 Sakta gick de båda in i rummet där Adam låg.

Vad vit han är, tänkte Maria när hon såg ned på sin medvetslösa man. Maskinen han var kopplad till stånkade till med jämna mellanrum. Sjuksköterskan förklarade lugnt vad den gjorde för Adam och att det inte var något farligt utan tvärtom, hjälpte till med Adams andning.

"Jag finns utanför om det är något", sa sjuksköterskan och lämnade dem ensamma.

Försiktigt tog Maria Adams hand i sin. Hon strök honom över kinden samtidigt som tårarna började rinna."Lova mig att du blir bra. Jag kan inte leva utan dig du måste komma tillbaka till mig" viskade hon ömt. Brogan som hela tiden stått bredvid harklade sig efter ett tag. Han var inte den känsliga typen, men nu kände han en stor klump i halsen.

"Jag måste tillbaks till stationen" sa han till Maria." Klarar du dig?"

"Gå du jag stannar här", svarade Maria. "Tack för all hjälp. Du är världens bästa chef och vän. Adam skulle uppskatta allt du har gjort". Maria försökte se oberörd ut men i hennes ögon kunde man se den oro och rädsla som hon kände.

Brogan vände sig bort så hon inte skulle se att han grät och hur ledsen han var över det som hänt hans vän och arbetskollega. Det sista Maria behövde nu var en tjutande chef till nervvrak som bröt ihop som ett litet barn där på sjukhusgolvet.

"Det ordnar sig nog vännen min. Jag ringer dig senare och hör hur det går", sa han istället.

Maria satt kvar och höll Adam i handen när Brogan försiktigt stängde dörren efter sig. Stackars flicka tänkte han när han halvsprang ned mot utgången. Nu skulle han prata med polischefen Mac Allen som säkert fanns kvar på olycksplatsen och bärgade bilen. Något stämmer inte funderade Brogan. Adam var en mycket skicklig förare och körde aldrig vårdslöst. Varför hade Adam kört ned i vattnet utan att ens försöka bromsa bilen? Det hade inte varit några bromsspår i asfalten vad han kunnat se. Han skulle minsann ta reda på vad som låg bakom om det så var det sista han gjorde. Brogan hade tidigare ringt till Mike, en av brandkillarna som varit och ställt en av deras mindre tjänstebilar utanför sjukhuset. Bilen hade parkerats på en p-plats för brandförsvaret. Nyckeln hade enligt Brogans instruktioner placerats bakom vänster framdäck. Han böjde sig ned, plockade upp nyckeln och hävde sig in i bilen. Med beslutsam min satte han sig tillrätta och körde iväg.

Kapitel 7 - Väktaren

Tålmodigt hade han väntat och iakttagit hur Adam tog sig upp i trädet. Nu stod han i skuggan av buskaget endast tio meter ifrån trädet som Adam klättrat upp i. Han hade en uppgift nu. Den viktigaste någonsin i hans liv. Plötsligt blev han väldigt trött när han tänkte på vad det innebar och hur viktigt det var att han lyckades. Ge inte upp nu. Det är det här ögonblicket hela ditt långa liv har gått ut på påminde han sig själv. Det var nu och den närmaste tiden det gällde. Han fick inte tveka nu när han var så nära att nå det ouppnåeliga. Långsamt kände han sig bättre. Han spände sina kraftiga armmuskler under brynjan i läder som han bar på överkroppen. Den var förstärkt i framkant och skyddade mot knivstick, pilar och andra vassa stickvapen. Brynjan hade räddat livet på honom många gånger. Hur många gånger den räddat hans liv hade han tappat räkningen på. Han bar liknande byxor i samma material som slutade vi knäna. På fötterna hade han gammeldags snörsandaler av djurhud. I bältet hängde ett svärd och en mindre stridsyxa, smitt av de bästa smederna som någonsin levat. Han hade även en dolk fäst vid sidan av ena vaden. På ryggen hängde en mindre sköld och ett armborst.

På andra sidan hade han sitt koger hängande med över femtio små pilar indränkta i gift. En liten skråma var lika med döden. Han var en mycket muskulös man och cirka etthundra-åttiofem centimeter lång. Han hade mörkt lockigt hår, isblå mycket klara ögon och hans hud var bronsfärgad efter många år ute i solen och vinden. Om man tittade noga på hans kropp så kunde man se hundratals ärr av varierande storlek överallt på hans brunbrända kropp. Hela hans uppenbarelse utstrålade kraft och brutal styrka. Han var en fullfjädrad krigare och hade så varit i hela sitt extremt långa liv. Nu stod han och väntade, nyfiken på hur den andre mannen skulle reagera vid åsynen av honom. Hans viktigaste uppgift var att förklara för Adam hur viktigt det var att han följde med honom och gjorde exakt som han sade. Hela den här och den andra mannens födelseplanets överlevnad hängde på att han lyckades. Nu stod han där vid förhoppningsvis slutet av sitt liv. Han visste att han snart äntligen hade nått slutet och kanske sonat sitt ohyggliga brott. Åtminstone var det vad han hoppades på. Trots att han innerst inne visste att han aldrig skulle kunna sona det han gjort. Någon hade för länge sedan lovat honom det. Men ibland undrade han om han drömt alltsammans och att han för evigt var en förlorad själ. För ett ögonblick sjönk han in i ett tillstånd av melankoli men reagerade plötsligt på ett ljud alldeles till höger om sig. Därinne dold i mörkret lurade faran. Han kunde känna det genom sin långa erfarenhet och att nackhåren hade rest sig upp. Som alltid spred sig en pirrande känsla i hela hans kropp. Han var inte ensam om att vänta på mannen som hade klättrat upp i trädet. Sakta böjde han sig ned, vädrade i luften och gjorde sig redo för strid.

Omedveten om vad som väntade på honom var Adam på väg att klättra ned från trädet. Han hade bestämt sig att följa vattnet eftersom det verkade vara den enklaste vägen att ta sig fram. Nu när den värsta chocken lagt sig så kände han hur hungrig och törstig han var. Han måste hitta föda och något att dricka och det var snabbt, annars skulle hans krafter snart vara slut. Han var nu ända nere vid den sista grenen. Han tog ett fast grepp om grenen och släppte sig mjukt ned på marken utan problem. Plötsligt blev han medveten om att någonting befann sig snett bakom honom. Med ett ohyggligt vrål som fick blodet i hans ådror att frysa till is kastade sig besten mot honom. Det var ett djur som liknade en panter men var mycket större. Nästan som en fullvuxen häst. Käften gapade öppen och de stora vita tänderna glimmade mot honom. Desperat försökte han finna något att försvara sig med, men insåg att han inte hade en chans. Adam förstod för andra gången på mindre än ett dygn att han skulle dö och att det var försent att fly.

Då utan förvarning glimmade det till vid sidan av honom och en mycket besynnerlig syn stod mellan honom och odjuret. Det var en människa såg Adam, beväpnad till tänderna. Snabbt avfyrade mannen någon slags armborst mot djuret som vrålade till av ilska. Sedan var odjuret framme vid hans beskyddare som nu hade dragit fram ett svärd i ena handen och en sköld i den andra. Mannen lyckades trycka tillbaks djuret samtidigt som han stötte svärdet rakt upp i dess hals. Blodet sprutade över mannen, som stod kvar och fortsatte att trycka svärdet längre och längre in i det rasande djurets hals, tills det med en suck föll ihop död på marken. Utan att visa någon särskild sinnesrörelse, utan mer som att detta tillhörde det vardagliga i livet vände mannen sig om mot Adam. Han var nedsölad av odjurets blod och såg hemsk ut. Den okände mannen hade otroligt nog klarat sig utan som det verkade, en enda skråma. Adam ställde sig i försvarsposition och höll upp båda händerna framför ansiktet.

”Kom an din djävul! Jag är inte rädd för dig”, sa han högt och stirrade vilt på den okände.

Roat log den blodige mannen mot honom. Han drog ut pilen ur det döda djuret och stoppade utan brådska ned sitt svärd i slidan. Sedan vände han sig mot Adam som stod kvar med höjda armar beredd på att slåss för livet.

"Du skall inte frukta mig. Jag är här för att hjälpa dig", sa mannen och räckte fram en blodig hand mot Adam.

Tveksamt tog Adam tag i den nedsölade handen. Han såg ned på blodet och frågade i nästa andetag.

"Vem är du?"

Allt bara snurrade runt i Adams huvud. Han kände att han inte kunde tänka riktigt klart.

Utan att svara på frågan böjde den okände mannen sig ned mot marken.

"Hur är det med dig själv, du ser trött ut. Sätt dig här i skuggan och vila dig lite". Mannen räckte fram en skinnflaska med vatten till Adam som han just plockat upp ur en skinnpung.
"Drick!" sa han uppmanande till Adam.

Adam satte sig ned och drack tacksamt samtidigt som han tittade forskande på den okände mannen. Adam var ännu inte helt säker på att han kunde lita på honom. Instinktivt kände Adam att han kunde ha förtroende för mannen. Trots allt så hade den okände nyss räddat livet på honom, det gick inte att förneka.

"Vem är du och varför stod du och väntade på mig?" frågade han igen, spänd på svaret.

"Du kan kalla mig Gaius och jag är här för att skydda dig. Ditt liv är i fara och vill du återvända dit du kom ifrån så måste du göra exakt som jag säger. Och inte ens då finns det några garantier för att det ska gå bra. Allt hänger på om vi spelar spelet rätt."

"Ursäkta, men jag fattar inte vad i helvete du svamlar om. Och hur fasen kan du veta vart jag kommer ifrån?"

Mycket lågt skrattade mannen till.

"I sinom tid så kommer du att förstå, men jag har inte tid att förklara just nu. Vi måste fort iväg. De vet redan att du är här och deras folk letar efter dig".

"Vem letar efter mig och varför?" undrade Adam.

"Kejsare Enocius och hans soldater. Det är den mörka onda sidan här och de har många ögon överallt. Vi måste ta oss till den belägrade staden där Pyria härskar. Hon och hennes folk är den här planetens hopp och de enda som fortfarande bjuder motstånd mot galningen Enocius. Hur konstigt det här än låter så är du enligt sägnen den utsände som de väntar på. Mannen som föds i vattnet och som kommer som en räddare och frälsare i nöden. Så står det i den Heliga boken och det är skrivet i sten. Alla, inklusive fienden måste följa skriften vare sig de vill det eller inte".

Utan att vänta på vad Adam skulle säga började mannen som kallade sig själv för Gaius att gå. "Häng med nu", sa Gaius uppfodrande till Adam. "Vi kan prata mer på vägen men tiden rinner iväg och tid är något som vi inte har gått om".

Sakta och lite motvilligt började Adam följa efter. Han förstod inte mycket av vad den okände mannen sagt, men han tyckte inte att han hade mycket att välja på annat än och göra som mannen sade. Dessutom ville han inte vara ensam i den här okända världen. Adam gick upp bredvid Gaius samtidigt som han studerade honom genom ena ögonvrån. Det var något mycket märkligt med denne man. Han utstrålade en aura av kraft och intelligens samtidigt som han hade något sorgset i blicken. Det verkade som om han bar hela världens sorger på sina breda axlar. Ändå gick han mycket rakryggad.

Adam förstod att det var en mycket stolt man han hade slagit följe med. Han tyckte om och litade på den okände, fast han egentligen inte visste varför. Rent instinktivt kände han att hans känsla var rätt. Även om den inte gick att förklara på logisk väg. Nu bara måste han fråga igen.

"Förklara dig!" sa Adam. "Vad menar du med att jag skulle vara den utsände? Det låter inte klokt och vem har utsett dig att vakta och skydda mig?"

Gaius tittade mycket allvarligt på Adam.

"Du är med vare sig du vill eller inte. Du har blivit utvald och det kan ingen ändra på. Ända sedan den dag du föddes så har det varit så och jag har vetat att du skulle komma sedan dess".

"Vi är ungefär jämngamla. Hur kan du ha vetat det sedan jag var ett litet barn?"

"Så du tror att vi är jämngamla, skrattade Gaius glatt. Hur gammal är du?"

"Jag fyller trettio år om två månader och du ser inte ut att vara mycket äldre", svarade Adam.

"Jaså du! Om jag säger att jag har levat mycket längre än så. Längre än någon du känner och jag har alltid skyddat dig. Ända från den gången du stack ut ditt fula tryne ur din mammas sköte", gapskrattade Gaius.

"Nu vet jag att du är rubbad. Du har snackat skit hela tiden. Jag går inte en meter till med dig", skrek Adam. Nu var han rejält förbannad över att Gaius drev med honom.

"Jag kan bevisa det", svarade Gaius.

"Hur då?" undrade Adam.

"Fråga mig något som rör dig själv och något du varit med om som bara du kan veta och känna till". Gaius såg mer än självbelåten ut där han gick och smålog ungefär som om han visste allt.

Adam tänkte efter. När han var fem år gammal hade han ramlat ned i en djup brun. Skräckslagen hade han varit instängd i flera timmar innan han lyckades klättra upp och ta sig hem. Han hade kommit hem mycket rädd och frusen med genomskitiga kläder. Hans mamma hade skällt ut honom och varit mycket arg.

Trots det berättade han aldrig för någon vad som hade hänt. Inte ens Maria visste om att han ramlat ned i en brunn som liten och därför alltid lidit av en släng klaustrofobi. Nu ska den överlägsne skitstöveln få, tänkte Adam triumferande. Säker som han var på att Gaius inte hade den blekaste aning om vad som hade hänt honom där för längesedan när han var ett litet barn."Berätta vad som hände mig när jag precis hade fyllt fem år". Nu skulle minsann flinet sopas bort från Gaius ansikte för gott. Nu var det hans tur att ge igen och skratta åt Gaius istället.

"Så det var det svåraste du kunde komma på", svarade Gaius roat. "Det var lätt. Du ramlade ned i en brunn och höll inte på att ta dig upp. Det var jag som såg till att repet hängde där du hittade det. Tyckte du inte att det var märkligt att du först inte hade lagt märke till repet", sa Gaius småskrattande.

Adam svarade inte utan tittade mållös på Gaius. Han kunde inte fatta det. Var han tankeläsare eller hur visste Gaius om den händelsen?

Efter flera minuters tystnad och funderande över vad Gaius hade sagt sade Adam.

"Hur är det möjligt att du visste det? Jag har aldrig berättat det för någon annan människa".

"Som sagt jag var där, så det är inte så märkligt".

Adam skakade tvivlande på huvudet och beslöt sig för att byta samtalsämne då han inte kunde komma på någon bra förklaring till det som Gaius just berättat.

"Vem är den här Pyria som vi ska till och hur kan jag hjälpa henne?"

"Pyria är den här världens drottning för de fria folken och den vackraste kvinna som någonsin har levat", svarade Gaius.

"Du är sänd hit för att kämpa i ett envig mot kejsare Enocius krigare".

"Vem är den här kejsare Enocius och vilken krigare pratar du om?"

"Enocius kämpar för den onda sidan och hans krigare är den mest ondskefulla och fruktansvärda varelse du kan tänka dig. Han heter Raiven. Du känner igen honom på lappen över ena ögat. Det var förresten jag som såg till att han är enögd, därför hatar han mig mer än någon annan levande. Dessutom vet de att jag är här för att skydda dig och ta dig till Pyria. De kommer att göra allt för att stoppa oss".

"Okey. Om jag nu köper hela den här otroligt knasiga och bisarra historien. Vad får dig att tro att jag skulle vilja kämpa mot den där enögde fan och riskera livet för någon som jag inte ens känner. Vem skulle göra det?"

"Du har inget val. Du måste slåss vare sig du vill eller inte. Men först måste vi ta oss till den belägrade staden Axor. Dessutom är din fru och din ofödde son i en ännu större fara, tro mig".

"Jag är brandman och ingen gladiator om du nu trodde det. Apropå det. Hur vet du att vi ska få en son och inte en dotter?"

"Lugn bara. Jag ska visa dig och förklara ett och annat men nu måste vi skynda oss.
Kejsare Enocius har ögon överallt". Gaius började småspringa. Adam hade inget val utan måste sluta prata för att orka hänga med den bronsfärgade mannen som sprang lätt som en gasell genom det halvhöga gräset. Adam var mer än förvirrad men var så trött och hade så ont att han inte orkade tänka klart. Han fick nu användning för sin grundkondition. Mannen framför honom sprang som det gällde livet och tydligen räknade han med att Adam inte skulle ha några problem att hänga med i det höga tempot.

Kapitel 8 - Den falske

Martin skyndade sig in på sjukhuset. På vägen dit hade han ringt till Brogan och kommit med en halvkvävd förklaring att han hade varit på fest kvällen innan och försovit sig. Han hade spelat chockad när Brogan berättat om olyckan. Eftersom Brogan visste hur goda vänner Martin och Adam var gav han honom ledigt på förmiddagen för att besöka Adam och Maria på sjukhuset. Innan Martin klev in på rummet där Adam låg lade han sig till med en djupt sorgsen min, fast han innerst inne kände sig rätt så nöjd med situationen.

"Maria! Jag kom så fort jag kunde. Hur är det med honom?

Maria blev väldigt glad när hon såg Martin. Det var deras bästa vän och hon tyckte om Martin på ett kamratligt sätt.

"Jag vet inte. De har inte sagt något mer bara att han är i djupt koma och kanske fått hjärnskador". Förtvivlat vred hon sina händer i knäet.

"Du ska inte vara ledsen", sa Martin tröstande och tog Marias händer i sina och såg in i hennes ögon. "Det ordnar sig nog ska du se".

Maria lade huvudet mot Martins bröst och grät sakta." Vilken tur att du finns", sa hon tyst. Martin passade på och lade sina armar runt henne. Det här går bättre än vad han hade hoppats på. Bli inte för ivrig nu gamle gosse utan fortsätt att spela den oroliga vännen, intalade han sig. Försiktigt lossade han händerna som han höll runt Maria och gick fram till Adam i sängen. Han såg ned på honom och tänkte, "Dö nu din skitstövel", samtidigt som han lade sin hand på Adams axel och snyftade högljutt. Han kände sig inte det minsta falsk eller äcklad av sig själv utan roades istället av skådespelet han framförde.

"Gamle vän du kommer att bli bra. Ge inte upp du är en riktig kämpe", sa han högt med darr på rösten och fortsatte sedan vänd mot Maria.

"Kan jag göra något för dig så säg bara till. Om du vill kan jag hämta dig efter jobbet idag så kan vi prata i lugn och ro".

"Gärna om du kan och vill. Jag känner mig så ledsen och förvirrad just nu".

"Vet du vad. Jag ordnar en middag till kvällen. Du måste tänka på dig själv och barnet".

Äntligen skulle han få vara ensam med henne. Det här hade han drömt om många långa ensamma kvällar i sin tråkiga lägenhet.

Maria tvekade först men erkände för sig själv att hon var riktigt trött. En god middag för att skingra tankarna med en god vän lät som en bra idé. Varken Adam eller hon själv hade några syskon och båda deras föräldrar var döda.

"Låter bra. Du är så omtänksam Martin. Det har du alltid varit".

Martin log sitt bredaste leende. Det här gick mycket bättre än vad han någonsin kunnat drömma om."Då säger vi så. Vi ses senare vid femtiden ikväll. Nu måste jag skynda mig tillbaks till jobbet innan gamle gubben Brogan ringer".

Martin strök Adam försiktigt på huvudet, kramade om Maria och gick sedan ut genom dörren med lätta steg. Så här glad och upprymd hade han inte känt sig på länge. Han kände sig som universums härskare som styrde ödet precis som han själv ville. Nu skulle inget kunna stoppa honom, även om han blev tvungen att skynda långsamt. Efter några månader så skulle ingen tycka att det var konstigt om han och Maria blev mer än vänner. Det var bara en liten sak som var i vägen och det var att Adam faktiskt teoretiskt sett levde fortfarande. En gnagande oroskänsla började göra sig påmind i magen. Tänk om han inte dog utan vaknade upp istället.

Fort skyndade han sig in på närmaste toalett och slog igen dörren. Väl inne på toaletten böjde han sig över kanten och spydde gång på gång tills det bara fanns galla kvar i magen. När han var klar tittade han på sig själv i spegeln efter att sköljt av sitt ansikte med kallt vatten. Han såg likadan ut som alltid. Med smilgroparna i sina kinder och det ruffsiga blonda håret som spretade åt alla möjliga håll. Ingen, absolut ingen förstod vad som dolde sig bakom den där oskyldiga blicken och hans pojkaktiga utseende. Han lurade alla, men trots det så kunde han inte bli kvitt sin oroskänsla att han skulle misslyckas och få tillbringa resten av sitt liv i fängelse. Han måste lyckas. Det fanns inga andra alternativ. Med en fadd smak i munnen och en mage som fortfarande var i uppror lämnade han sjukhuset springandes, lätt framåtböjd med händerna tryckta mot magen. Efter ett tag började han känna sig bättre. Han fick ett infall som han inte haft på evigheter. Plötsligt ville han träffa sina föräldrar. Det hade nu gått över ett halvår sedan han besökte dem sist och eftersom de bodde på den här sidan av staden kunde det passa bra nu. Han gick genom en park och fortsatte in i villa-området på andra sidan gatan. Efter ytterligare tio minuters promenad stod han utanför föräldrarnas lilla radhus. Utan förvarning kände han sig väldigt liten och illamåendet kom tillbaks. Han visste varför han inte varit på besök på så länge. Det berodde inte på hans mamma utan på pappan. Under hela hans uppväxt hade fadern uppfostrat honom med kadaverdisciplin. Minsta lilla fel han gjorde hade han straffats för. Ibland med hårda slag och örfilar och det allra värsta var när fadern låste in honom i en liten garderob under trappen. Han tvekade, men ringde sedan på dörrklockan. Innifrån hördes snabba fotsteg och så stod hans mamma framför honom i dörröppningen. "Hej mamma", sa Martin och log. Hans mamma log tillbaks med ett förvånat leende, men klev åt sidan och släppte in sin son. "Det var länge sedan", sa hon och kramade om Martin hårt och länge samtidigt som hon kämpade mot gråten"Varför kommer du inte och hälsar på oftare". Du vet varför, tänkte Martin. Men istället för att säga sanningen drog han till med den vanliga lögnen. "Mycket att göra på jobbet vet du", sa han och tog av sig jackan och fortsatte in i köket. Inne på en stol vid köksbordet satt hans pappa och drack kaffe. Han såg vresigt på sin son. "Vad gör du här? Är du ute efter att låna pengar så kan du glömma det". Martin kände hur vreden kokade inom honom. Alla år av förtryck och fysisk misshandel kom nu upp till ytan. Med hård min såg han på sin pappa. Han kände för första gången i sitt liv ett övertag på fadern. Vilken patetisk liten ynklig människa hans far var och alltid hade varit. En man som saknade empati och känslor för sina närmaste. "Varför skulle jag någonsin vilja låna pengar av dig? Du har väl aldrig gett mig något annat än örfilar", sa han och såg ned på fadern med orörlig min. Martins mamma började nervöst plocka med diskborsten. Hon såg förtvivlat på de båda. "Inte ska vi väl bråka nu. Det var ju så länge sedan vi alla tre var tillsammans". Fadern ignorerade henne totalt. Han reste sig upp och gick fram till Martin och höjde handen. Utan att säga något slog han med öppen hand mot Martins ansikte. Med en snabb rörelse fångade Martin upp handen och vred den hårt bakåt. Något knakade till inne i faderns handled och han skrek högt samtidigt som han föll bakåt mot diskbänken. Martin såg ned på pappan som låg på golvet med handen hårt tryckt mot magen. "Du rör mig aldrig mer och inte henne heller för då kommer jag tillbaks och då vet jag inte vad jag gör med dig ditt kräk. Förlåt mamma, det är inte ditt fel". Martin såg på sin mamma med sorgsen blick. Han hade bara hunnit vara hemma några minuter men det kändes redan som en hel evighet. Utan att säga något mer eller se på sin pappa gick han ut genom hallen och fortsatte ut genom ytterdörren. Han stängde den tyst bakom sig och gick därifrån utan att vända sig om en enda gång. Han vissste inom sig att det troligtvis var sista gången han besökte sina föräldrar, men på något konstigt sätt kände han en underlig befrielse när han fortsatte ned mot närmaste tunnelbanestation och försvann ned för trapporna. Inget kunde stoppa honom nu.

Kapitel 9 - Sheriffen

Mac Allen var en man som började närma sig de sextio. Han hade ett väderbitet, fårat ansikte och en enormt stor avlång näsa. Han var en mycket erfaren polis som varit med om och sett det mesta. Man behöver inte vara ett geni för att förstå att här ligger det en hund begraven, tänkte han för sig själv. Han hade anlänt till olycksplatsen cirka tio minuter efter att brandmästare Brogan och Maria lämnat dammen. Han hade genast tagit itu med polisarbetet och hört vittnet Jakob, pratat med brandkillarna och sedan sett till att en bärgningsbil kom till platsen. Vittnet hade inte hört några däckskrik. Mödosamt hade han tagit sig upp till platsen där bilen kört av vägen. Inga bromsspår någonstans. Kyligt konstaterade han att det verkade vara mycket som inte stämde. Brandkillarna hade också intygat att Adam var en lugn och sansad kille, åtminstone sedan han gift sig och aldrig brukade köra vårdslöst. Han hade pratat med bärgningskillen och bestämt att bilen skulle köras till undersökningshallen på polishuset för teknisk undersökning. Hans tekniker var en liten flintskallig gubbe som hette Frank. Mac Allen hade ringt till honom och förklarat vad han skulle göra och att Frank speciellt skulle kontrollera bilens bromsar. Gnälligt hade Frank förklarat att Mac Allen visserligen var sheriff, men att han minsann själv visste vad en tekniker skulle och inte skulle göra. Visserligen var Frank en tjurskalle men han var också en förbannat bra tekniker. Fem timmar senare fick han sina misstankar bekräftade. Visserligen hade Frank bara gjort en första besiktning av bilen men han kunde tämligen säkert säga att någon hade manipulerat med bromsarna på olycksbilen. Imorgon ska du få veta exakt hur de gjorde hade han sagt till Mac Allen och sedan lagt på luren. Jaha, hade Mac Allen tänkt. Det verkar som om någon eller några har gjort sig skyldiga till mordförsök. Skulle Adam dö på sjukhuset så var det mord. Nu var bara frågan vem och varför? Ett stort misstag hade de i alla fall begått genom att få honom efter sig. Nu var det bara att börja nosa runt, tänkte han upplivat Det här var något som han var bra på och han var fast besluten att lösa det här så fort som möjligt." Imorgon börjar jag", sa han tyst för sig själv." Var ni än befinner er och vem eller vilka ni än är så ska jag hitta er". Sheriffen gick till bilen och körde iväg med en rivstart. Hans fru hade ringt och sagt att kvällsmaten var klar och det var något som han inte ville missa för allt i världen.

Kapitel 10 - Andra sidan

Gaius och Adam hade sprungit genom djungeln i flera timmar utan att slå av på takten. Gaius hade på något sätt lyckats hitta de små, nästan osynliga stigarna som gjorde det lite lättare att ta sig fram i den oländiga terrängen. Det började skymma och Adam började bli rejält trött och hade en bultande huvudvärk efter smällen han fått. Han sprang som i dvala och inbillade sig för någon sekund att han låg i en skön säng på ett sjukhus. Han såg för sin inre syn Maria och hans vän Martin stå och se ner på honom. Men så plötsligt återvände han till verkligheten. Gaius hade stannat utan att säga ett ord.

"Varför stannar vi?" undrade Adam.

"Det blir snart mörkt. Vi måste hitta ett skydd för natten", svarade Gaius.

Det fortsatte nu uppför en svag brant där två stora stenblock bildade något som kunde liknas vid en liten grotta.

"Här blir bra", sa Gaius.

"Vi kanske till och med kan göra upp en liten eld härinne utan att det syns utåt".

"Bra för jag börjar bli lite trött", svarade Adam. I verkligheten var han helt slut men det ville han inte erkänna för Gaius.

Snart brann det en liten eld. Gaius hade ur sin skinnpåse tagit fram bröd och torkad rökt fisk som han bjöd Adam på tillsammans med kallt vatten som de tagit ur en bäck i närheten.

"Nu måste vi prata. Du har en hel del och förklara. Hur har jag hamnat här och varför väntade du på mig? Det är det första jag vill veta", sa Adam vänd mot Gaius.

"Så här ligger det till. Du lever än, men ändå inte. Du är svårt skadad och hemma i din värld ligger du på sjukhuset och svävar mellan liv och död. Ska du överleva och komma tillbaks hem så måste du göra exakt som jag säger. Jag är din beskyddare och utsedda ledsagare som är här för att hjälpa dig. Därför stod jag och väntade på dig när du kom ner för trädet efter din lilla klättertur".

"Jaha! Det låter helt snurrigt. Så du menar på fullaste allvar att jag just nu existerar på två olika platser", sa Adam.

"Just det. Så kan man se på det även om det känns helt vansinnigt för dig", svarade Gaius. Han förstod att Adam måste vara otroligt skeptisk och undrande över allt som hänt.

"Men vem har utsett dig till min beskyddare? Ska du föreställa den goda sidan här och varför måste jag slåss mot någon idiot som heter Raiven?"

"Många frågor på en gång. Om jag är god eller inte får du själv avgöra. Jag har inte valt att bli din beskyddare om du nu trodde det. Slåss måste du annars kommer du aldrig hem igen. Så är det bara. Det här handlar inte om dig eller mig utan något så ofantligt mycket större. En sak till. Det är din så kallade bäste vän som sett till att du hamnat här".

"Menar du Martin? Aldrig i helvete. Det kan jag inte tro på". Adam skakade tvivlande på huvudet.

"Varför skulle han göra något sådant?"

"Vem lånade din bil dagen innan olyckan och hade möjlighet att fixa bromsarna?"

Vem har alltid varit hemligt förälskad i Maria?"

Vem tjänar på att få dig ur vägen om man vill ha henne?" sa Gaius tyst.

"Tro mig, det jag säger är sant. Jag ljuger aldrig för dig. Bara så du vet. Innerst inne vet du att Martin älskar din fru fast du inte velat erkänna det för dig själv för det känns fel att tänka så".

Adam blev alldeles kall inombords. Var det verkligen sant? Visst hade Martin alltid tittat lite extra på Maria. Adam visste att Martin verkligen var förtjust i henne, men att försöka mörda honom på grund av det var väl ändå helt vansinnigt. Var hans bästa vän så tokig?

Om det var sant så måste han se till att komma hem igen. Även om han var tvungen att slåss för sitt liv och döda en annan människa.

"Okey! Jag tror dig kanske men om eller när jag kan återvända, så vill jag att du lovar mig att jag får chansen att ta det här mellan fyra ögon med Martin. Jag vill se hans min när jag säger att jag vet vad han gjort enligt dig. Innan dess vägrar jag att fullt ut tro på det. Martin och jag har alltid varit bästa vänner. Han är som en bror för mig".

"Visst, gör som du vill. Men glöm bara inte att se honom i ögonen när du träffar honom. Ögonen ljuger aldrig. Allt annat går att dölja men blicken avslöjar dig alltid. Nog med frågor nu.
Det är sent. Sov du så tar jag första vakten".

Gaius försvann ut ur den lilla grottan. Adam som först nu kände hur fullkomligt slut han var lade sig ned. Innan huvudet hann nudda marken somnade han bredvid den falnande glöden från elden.

Kapitel 11 - Den fruktade

Raiven stod bredvid kejsare Enocius och spanade ut i mörkret. Hatet mot den okände och den satans Gaius var så påtaglig att ingen annan än kejsaren vågade vara nära honom. Han ville så gärna döda dem. Det var som en glödande vulkan inom honom. Gaius hade haft tur den gången för länge sedan när han tagit hans ena öga. Själv hade han huggit Gaius nästan samtidigt med sitt svärd i axeln, så blodet sprutade ur det öppna såret. Det som retade honom var det att Gaius inte med en min visat hur ont det gjorde. Istället hade han med sin sköld knuffat Raiven baklänges så att han föll ned i den virvlande strömmen och fort drev iväg. Raiven hade fyllt sina lungor med luft och skrikit med munnen full av vatten." Ditt fega as nästa gång så dör du". Han mindes hur ett leende hade spridit sig i Gaius ansikte och hur Gaius sedan utan att säga något, vänt honom ryggen. Det var det som fortfarande retade honom mest av allt. Detta föraktfulla sätt mot honom. Den mest fruktade mannen på den här planeten. Han hade blivit påmind av en stridskamrat som hade sett det hela. Det tog den mannen två dygn att dö. Raiven hade flått honom levande och matat gamarna genom att skära ut små köttbitar ur den stackars mannens kropp. Efter det var det aldrig någon som nämnde Gaius vid namn när Raiven var i närheten. Nu tog kejsaren till orda.

"Känner du vittringen", sa kejsare Enocius som var en plufsig, fetlagd man med stort flintskalligt huvud och små grisögon.

"Jag vill att du tar dem innan de når fram till den satans Pyria. Hon ska inte få minsta chans till hopp, fattar du det".

"Du kan vara lugn", svarade Raiven.

"Imorgon vid gryningen är bestarna ifatt dem och som du vet är de aldrig någon som har klarat sig ifrån dem".

"Kom ihåg att jag vill se deras döda kroppar och helst deras huvuden på ett silverfat", sa kejsare Enocius med återhållen vrede i rösten.

"Jag hoppas bara att jag hinner fram innan de dör", sa Raiven med mord i blicken.

"Jag ska förlänga deras lidande så länge det går".

"Bara du kommer ihåg vem som gett oss uppdraget. Honom får man inte svika för då är det våra huvuden som kommer att huggas av. Glöm inte det". Kejsaren såg olycksbådande på Raiven som inte vek undan med blicken utan tvärtom stirrade tillbaks på den fetlagde mannen.

60

"Jag vet mycket väl vad som står på spel och vem som vi sålt oss till. Tro inget annat men jag önskar nästan att de hinner fram så jag får möta deras så kallade kämpe. En slakt är vad det ska bli", svarade Raiven iskallt.

"Du ska få tillfälle att slakta, plundra och våldta när vi intar staden men en sak i taget".

Kejsare Enocius gick ifrån Raiven som stod kvar och blickade ut i mörkret. Bakifrån kunde man skönja hans siluett mot den runda månen. Han såg ut som en jätte, vilket han också var. Tvåhundratio centimeter lång och då han vägde cirka etthundrafemtio kilo var han en imponerande syn. Han hade dödat tusentals män men ingen hade betytt något. Nu skulle han få Gaius som han hatade mer än någon annan. Den andre tänkte han döda så fort som möjligt men med Gaius var det annorlunda. Han skulle få lida. Med en nöjd grymtning gick Raiven ned till burarna. Han gick fram till ledarbesten som morrade långt ner i halsen när Raiven öppnade buren. Han var den enda som kunde närma sig odjuren och som dom lydde." Nu mina vänner spring och gör det ni är bäst på. Döda den ene men spar Gaius åt mig", viskade han. Ledarbesten kastade sig ut ur buren och efter honom kom ytterligare två skuggor. I full fart sprang de iväg rakt in i urskogen och försvann.

Nöjd med samtalet med Raiven hade Enocius återvänt till sitt stora tält. Därinne fanns hans två livvakter innanför öppningen. De hade order att inte släppa in någon annan än kejsaren när han inte var där. Nu ville han roa sig lite. Tältet bredvid hans eget tillhörde hans harem. Därinne fanns det tolv unga kvinnor som han kidnappat från sina föräldrar. För säkerhets skull dödade han föräldrarna efteråt för att slippa eventuella problem. Enocius hade även smak för unga pojkar. Helst under tio år gamla. I hans harem fanns förutom kvinnorna två små pojkar som han också stulit och kidnappat på samma sätt som kvinnorna. Han beordrade en av vakterna att hämta två av hans favorit flickor och även den minsta pojken som var åtta år gammal. Enocius mindes med tillfredställelse hur pojken hade skrikit första gången han våldtog honom. Numera var han tyst när Enocius roade sig med honom, men det gick lika bra det. Kvinnorna var mellan femton och sjutton år gamla och hade mycket fina fasta kroppar med stora fylliga bröst. Tanken på vad som väntade honom fick det att vattnas i munnen. Han gick bort till karaffen med vin som stod bredvid sängen och fyllde upp det till brädden i kristall glaset. Han klädde av sig alla kläderna och lade sig ned på sängen med sin blekfeta kropp och väntade med spänd förväntan.

När vakten kom och ledde in de halvnakna flickorna och den lille pojken var Enocius redan inne på sitt andra glas med vin. Han började känna sig elak och visste exakt vad han skulle göra med sin mänskliga egendom. Jag börjar med pojken tänkte han glatt för sig själv, så får hyndorna vänta. Han beordrade flickorna att ställa sig ned på knä i ena hörnet av rummet. Enocius njöt av att flickorna var tvungna och se på vad han skulle göra med pojken. Med sitt ena feta finger krökt vinkade han till sig den lille pojken, som nu darrade i hela kroppen av rädsla för vad den elake mannen skulle göra med honom. Pojken tänkte på sin mamma som han inte sett på över tre månader och började nästan gråta. Ändå lät han bli eftersom han visste att den elake gubben om han såg att han grät skulle se till att han fick lida ännu mera. Han mindes sin mamma som mycket snäll och att hon alltid brukade stoppade om honom innan han somnade. Ibland brukade hon sjunga vaggvisor för honom. Nallen som han alltid haft i sängen och fått av sin pappa hade de tagit ifrån honom. Nu var allt annorlunda och ingen fanns längre där för honom. Den lille pojken kände sig så fruktansvärt ensam och klumpen i hans lilla bröst bara växte och växte. Den elake mannen kallade på honom igen. Med sänkt huvud gick han fram till sängen och hoppades att det onda snart skulle vara över. Gud vad han hatade den feta mannen.

Kapitel 12 - Middagen

M artin hade ordnat allt perfekt. När det ringde på dörren och han gick och öppnade så var allt förberett i minsta detalj. Han hade sett till att en taxi hämtade henne hemma vid hennes bostad. Bordet var dukat med finporslinet. Maten som var en trerätters middag var beställd från en femstjärnig krog i närheten. Räkor i vitlök till förrätt med vitt vin, (alkoholfritt förstås till Maria för att visa att han tänkte på barnet). Oxfilé med potatisgratäng och grönsaker till huvudrätt med ett dyrt franskt rött årgångsvin till han själv och ett lika dyrt alkoholfritt alternativ till Maria. Till efterrätt skulle det bli hemgjord vaniljglass med konjaksflamberade plommon. Allt hade varit svindyrt men det var naturligtvis värt vartenda öre. Han öppnade dörren för Maria som stod och väntade.

"Stig in!" sa Martin samtidigt som han tog av Maria hennes kappa och hängde den på en galge.

"Tack. Det var verkligen snällt av dig att bjuda hem mig. Jag behöver verkligen något annat att tänka på än den otäcka olyckan. Det är den som har tagit upp mina tankar ända sedan det hände. Jag ber så fort jag får tillfälle att Adam ska vakna och allt blir som förut". Hon tittade på honom och log.

Martin tog Maria i handen och ledde henne in i vardagsrummet och det dukade bordet. Det pryddes av två stora silverkandelabrar med vita ljus och en vit duk med spetsar i nederkant.

"Men Martin!" skrattade Maria. "Att du var så duktig på att duka visste jag inte. Jag trodde du var som alla andra ungkarlar oduglig på sådant. Precis som Adam när vi träffades".

"Vänta bara. Du kanske blir ännu mer överraskad när du smakar maten som jag har lagat".

Inte tänkte han avslöja för henne att maten han ordnat kom från en lyxrestaurang som låg runt hörnet.

Tre timmar förflöt i rask takt. De hade mycket trevligt under middagen och han fick Maria att glömma olyckan tillfälligt. Martin var mycket noga med att uppträda som en mycket god värd. Gamla minnen avhandlades i rask takt. När Maria till sist reste sig blev han först besviken när han förstod att det var dags för henne att gå.

"Tack så hemskt mycket Martin för en mycket trevlig kväll. Du är verkligen full av positiva överraskningar. Inte visste jag att du var så bra på matlagning. Det var fantastiskt gott".

"Ja, du kan väl försöka överträffa mig", skrattade han.

"Okey, varför inte. Nästa gång bjuder jag på middag".

"Mer än gärna", sa Martin samtidigt som han tog tag i Marias händer och rynkade sin panna.

"Du ska veta att jag lider nästan lika mycket som du. Adam är min bästa vän och att se honom ligga sådär gör mig alldeles desperat. Tänk om han aldrig vaknar mer".

Maria såg på honom med förtvivlan i blicken.

"Säg inte så", sa hon med gråten i halsen.

"Vi måste tro att det kommer att gå bra".

"Hur det en går så finns jag här för dig". Han höll hennes händer mjukt i sina.

Maria kramade om honom spontant. Tur att vi har en sådan god vän, tänkte hon.

"Tack för att du finns. Jag vet inte hur jag skulle klara mig utan dig", sa Maria samtidigt som hon tog på sig sin ytterkappa. Maria vände sig om och vinkade när hon gick ut i mörkret. Martin stod kvar och såg när hon klev in i den väntande taxin och försvann. Han kände sig mycket nöjd med sig själv. Det här går fantastiskt bra, for genom hans huvud. Hon smälter som smör i solsken.

Glatt visslande började han duka av när det ringde på dörren. Utanför stod försäljaren.

"Vad gör du här!" sa Martin irriterat.

"Jag är upptagen. Du kunde väl ringt innan du kom hit".

Utan ett ord gick försäljaren förbi honom in i vardagsrummet.

"Du har haft det trevligt ser jag.
Gick det bra", undrade försäljaren.

"Ja! Om du nu måste veta det så gick det mer än bra", svarade Martin. Fortfarande irriterad av att försäljaren bara dykt upp utan förvarning.

"Vad vill du? Det är sent". Han kände sig rejält trött och ville helst gå och lägga sig.

"Dags att prata affärer", svarade försäljaren.

"Kommer du ihåg att jag ville ha något av dig. Dags att ta upp den lilla saken nu".

"Okey, vad är det du vill ha?" frågade Martin.

"Inte pengar hoppas jag för det har jag inga".

"Nej. Du kan vara lugn. Jag vill bara ha barnet".

"Vadå barnet, vad menar du?" Martin glodde på försäljaren påtagligt förvirrad.

"Hennes barn naturligtvis. När det är fött ska du överlämna det till mig, sedan är vi kvitt".

"Är du inte klok, eller vad är det med dig.
Det är för helvete kidnappning du pratar om".
Desperat såg han på den andre.

" Vad fan ska du med hennes barn till?
Sälja det eller vadå?" Martin stirrade på
försäljaren med uppspärrade ögon.
"Vet du inte att människohandel är förbjudet".

"Det min vän har du inte med att göra", svarade
försäljaren kallt." Se bara till att jag får barnet.
Det är allt du ska bry ditt lilla huvud om".

"Jag vägrar! Jag kan väl inte stjäla barnet till den
kvinna som jag älskar. Det går bara inte", sa
Martin förtvivlat.

"Du har inget val, annars händer det här. Se och
glöm aldrig vad du nu ska få bevittna".

Framför Martin var det som om luften sögs inåt
och bildade en genomskinlig dimma. Därinne i
dimman såg Martin hur han och Maria låg
fastspända medans någon med en svart huva för
ansiktet sakta böjde sig ned över dem. Mannen
med huvan höll i en stor såg. Han skrattade som
en schakal och höjde sågen. Sakta utan brådska
sågade han av först båda benen, sedan båda
armarna och till sist slog mannen in en stor
järnspik i deras huvuden. Det ofödda barnet slets
skrikande upp ur Marias sönderskurna mage.
Chockad sprang Martin ut på toaletten och
spydde, om och om igen. När han kom ut var

försäljaren borta. Han hade försvunnit utan att lämna ett endaste spår efter sig utom en svag lukt av svavel. Först nu insåg Martin vem han verkligen hade att göra med. Den vetskapen gjorde honom livrädd. Vad hade han gjort?

Nu hade han inget annat val utan var tvungen att göra vad än försäljaren bad honom om.
Det förstod han nu. På darriga ben stapplade han in i sängkammaren när det ringde på dörren igen.

Skrämt öppnade han dörren och förväntade sig se försäljaren. Utanför stod sheriff Mac Allen.

"Hej Martin! har du tid. Jag skulle vilja prata med dig om en sak".

Martin som fortfarande var alldeles vit i ansiktet stammade fram att han inte mådde bra, men släppte motvilligt in den påstridiga sheriffen.

"Har du haft gäster?" frågade Mac Allen när han såg det dukade bordet med matrester.

"Ja, en god vän har varit här på middag. Hur så?"

"Inget speciellt. Jag är här för att fråga dig om Adam och din relation"

"Vi var bästa vänner. Varför frågar du det?"

"Är! menar du väl. Han är inte död än vad jag vet". Sheriffen studerade den andres ansikte ingående. Verkade inte Martin nervös?

Satan! Där gjorde han bort sig. Skärp dig nu för helvete. Martin tvingade sig själv att koncentrera sig på max och inte slappna av för en sekund.

"Förlåt mig, naturligtvis menade jag inte så. Jag är bara lite trött". Han skakade lätt på huvudet.

"Ingen fara". Sheriffen släppte honom med blicken." Vet du om Adam hade några fiender?"

"Nej, det tror jag inte. Varför undrar du det?"

"Jo! eftersom det är någon som fifflat med bromsarna på hans bil så bör det finnas någon som vill honom illa. Någon eller några har gjort sig skyldiga till mordförsök och jag ska ta reda på vem eller vilka", sa Mac Allen.

"Mordförsök!" stammade Martin fram.
"Jag trodde det var en olycka".

"Inte nu längre. Våra tekniker har bevis på att bromsarna var manipulerade. Kommer du på något så hör av dig. Allt är av intresse".

"Självklart. Men vad jag vet så finns det ingen som ville Adam något illa. Fast nu när jag tänker efter. Han nämnde något om ett barslagsmål för några månader sedan". Martin fortsatte att improvisera utan att tänka efter vad han sade.
"Två killar hade visst muckat bråk med honom, men Adam hade gått därifrån innan det blev allvar och någon skadades på riktigt".

"Vet du vilken bar det var?" frågade Mac Allen.

"Ja, på Sailors pub nere i city tror jag det var. Någon gång i början på mars har jag för mig, men jag vet inte vad bråket gällde".

"Tack för informationen. Jag ska undersöka saken. Kommer du på något annat så hör av dig".

Sheriffen snuddade med fingrarna vid hattbrädet. Han gav Martin en sista forskande blick innan han vände sig om och gick därifrån.

När sheriffen hade gått satte sig Martin ned i soffan på darriga ben. Han hade känt sig tvungen att hitta på något till den frågvisa sheriffen. Nu förbannade han sig själv. Mac Allen skulle säkert gå till puben och ställa massor med frågor om någon visste något. Kanske skulle han också fråga Maria om Adam sagt något om bråket till henne. Eftersom ingen skulle veta något så skulle sheriffen komma tillbaks till honom med nya frågor. Istället för att få bort eventuella misstankar från honom själv skulle antagligen sheriffen börja undra varför det bara var Martin som visste något om bråket. Skulle sheriffen sedan börja misstänka att det var en uppdiktad historia så låg han illa till. Varför ljuga om en sådan sak. Skit också! I fortsättningen skulle han vara extra försiktig med vad han sade. Speciellt till en äckligt nyfiken polis. Hur i helvete hade de märkt att bromsarna var manipulerade? Killarna som gjorde jobbet hade lovat att ingen skulle upptäcka något. Martin gick på darriga ben bort till baren och slog upp en dubbel whisky. Värmen spred sig skönt när han snabbt svepte spriten. Han kände det som om han hade mycket att fundera över efter mötet med den underliga försäljaren och sheriffen. Vad hade försäljaren sagt? Han ville ha barnet som Maria skulle föda. Vilken dåre!

Det han begärde var en omöjlighet. Samtidigt fanns det vissa fördelar. Det kunde han inte förneka. Försvann barnet ur vägen så hade han Maria för sig själv. Förresten ville han inte ta hand om Adams unge.

Sakta växte en ondsint plan fram i hans huvud. Han kände sig genast på gått humör. Fy fan vilken dålig människa jag är men ändå går det så bra, funderade Martin. Oron som han nyss hade känt var som bortblåst. Han gick bort till stereon och satte på sin favorit musik med Bruce Springsteen. Låten" Down to the river" strömmade ur hans Bang och Olufsen högtalare som han köpt svindyrt för ett halvår sedan. Pengar han lånat som han inte hade, men vem bryr sig. Långsamt med ett leende på läpparna började han dansa runt i vardagsrummet. Han balanserade whiskyglaset i ena handen samtidigt som han smekte sig över skrevet med den andra handen. När låten ökade tempot började han snurra runt, fortare och fortare i rummet. Whiskyn skvätte ut över golvet och mattan men Martin märkte inget. Han ökade tempot och snurrade runt snabbare och snabbare tills han med ett brak föll baklänges ned i soffan. Utmattad men nöjd med sig själv sjönk han tillbaks mot kuddarna. Så länge jag håller mig kall och följer planen så kan ingen komma åt mig, intalade han sig. Nu hade han verkligen bestämt sig. Barnet skulle bort, men först Adam. Så enkelt var det med den saken.

Kapitel 13 - Morbiderna

Gaius var beredd. Långt innan de var framme hade han känt på sig att något var på väg mot dem. Djungelns alla djur hade varnat honom. Han gick in i grottan och väckte Adam.

"Dags att vakna och tid för kamp", sa han till den yrvakna Adam.

"Vad menar du?" frågade Adam.

"Någon eller något kommer och det går fort. Om cirka femton minuter är de här och vi måste göra oss beredda för strid", svarade Gaius.

"Okey! Vad vill du att jag ska göra?"

"Klättra upp i det där trädet. Därifrån har du bra överblick över omgivningen och vad som händer. Ta med dig mitt armborst och pilarna. De är indränkta i ett speciellt gift. Minsta skråma dödar en elefant".

"Vad är det som vi ska möta?" frågade Adam samtidigt som han tog emot armborsten och pilarna ifrån Gaius utsträckta hand.

"Vem vet. Vi lär snart få veta vad som väntar oss. Skynda dig nu! Vi har inte mycket tid innan de kommer och det är något ont vi väntar på".

Gaius gick upp och ställde sig högst upp på höjden, drog sitt svärd och väntade. Adam som klättrat upp i trädet som Gaius pekat på iakttog honom i smyg. Han hade sett förändringen i Gaius ansikte. Borta var den sorglösa blicken. Istället fanns det något annat, mordiskt och lätt vansinnigt i hans ögon. Adam ryste till. Han förstod att vad det än var som kom skulle de få möta ordentligt motstånd. Gaius hade dödat förr det syntes i hela hans kroppshållning. Det fanns inte minsta antydning till rädsla eller fruktan. Snarare spänd förväntan. Han ser fram mot det här tänkte Adam samtidigt som han svalde ned saliven som började samlas i munnen. Okey, är han redo så ska jag också vara det intalade han sig själv. Han laddade armborsten med en pil och tog sikte snett neråt. Inombords kände han hur spänningen steg. Förvånat insåg Adam att han också såg fram mot den kommande striden. Musklerna spändes i hans armar samtidigt som han såg en rörelse i buskaget cirka trettio meter ifrån den plats han befann sig. Ut kom inte bara en utan tre varelser. De liknade förvuxna fladdermöss på fyra ben, men utan vingar. De var lika stora som en vattenbuffel och rörde sig förvånansvärt smidigt trots sin storlek.

Käften var enorm och två rader med gula sylvassa rått tänder glimmade i gryningsljuset. Djuren var framavlade med ett enda syfte, att döda och de kallades för morbider. De tre djuren såg Gaius ovanför sig och spred genast ut sig i en halvcirkel. Med sänkta huvuden började de försiktigt närma sig sitt byte. Gaius rörde inte en min utan stod lugnt kvar utan att röra sig. Han liknade en gammal bronsfärgad grekisk staty där han stod beredd med svärdet höjt snett bakom huvudet. Adam siktade noga och sköt iväg pilen mot odjuret som var närmast honom. Pilen träffade kroppen strax framför djurets framben. Med ett ilsket morrande störtade morbiden iväg mot trädet där Adam befann sig, men efter bara tio meter föll han död till marken. En av de andra morbiderna gick till attack mot Gaius medans det andra odjuret satte fart mot Adam. Med ett vigt jättesprång var den fladdermusliknande varelsen uppe i trädet. Febrilt försökte Adam ladda om. Han tappade i brådskan armborsten som föll ned genom lövverket och landade på backen. Utan vapen började han klättra uppåt. Morbiden var redan ifatt honom och nafsade i han skor. Adam sparkade nedåt, men det gjorde bara varelsen ännu mer vansinnig. Desperat försökte Adam komma på något. Gjorde han inget snart så skulle djuret ta honom. Plötsligt kom han ihåg pilarna i kogret som han hade på ryggen. Snabbt slet han fram en pil samtidigt som han kände en ohygglig smärta i höger lår. Odjuret var ifatt honom och hade bitit honom. Adam kände hur han föll. När Adam var på väg ned mot backen och passerade varelsen stack han med all sin kraft pilen in i

djurets ena öga. Han hann inte se om det gjorde
någon verkan. Han slog i en gren och sedan
ytterligare en gren innan han med en duns
landade på marken. Fallet gjorde att han tappade
luften. Strax därefter landade morbiden bredvid
honom. Med en ljudlig suck dog djuret och en
fruktansvärd stank spred sig från dess mun.
Äcklad vände sig Adam bort. Ovanför honom
slogs Gaius mot det återstående odjuret. Varelsen
attackerade gång på gång Gaius med sina
råttliknande klor samtidigt som djuret försökte
komma åt Gaius med sina sylvassa tänder. Gaius
tryckte morbiden bakåt med skölden och högg
mot djurets framben och klor. Plötsligt kastade
Gaius sig ned på marken och svepte svärdet i en
vid rörelse snett inåt mot morbidens bakben.
Gaius svärd måste vara otroligt vasst, tänkte
Adam. Med ett enda hugg hade han kapat av
djurets båda bakben. Hjälplöst låg det och fräste
nedanför Gaius fötter. Med en snabb rörelse högg
Gaius huvudet av det vampyrliknande djuret.
Han torkade sedan med en van rörelse av svärdet
och gick fort ned till Adam.

”Hur är det, är du skadad?” frågade Gaius Adam
oroligt. De hade inte råd med att bli fast här.

”Nej då! Bara mörbultad och ett hugg i benet
men jag börjar bli van”, svarade Adam buttert.
Han kände inte direkt för något kallprat med den
andre, men visst hade han djävulskt ont i benet.

"Ett bett från en morbid är inte att leka med", sa Gaius." Som tur är har jag en läkande salva som hjälper även mot det".

Försiktigt tog han fram ett litet lerkrus ifrån bältet innehållande en gul smet. Med en van rörelse smetade han på salvan över bettet.

"Kan du gå?" undrade Gaius med en bekymrad min.

"Jadå det är lugnt", svarade Adam samtidigt som han försiktigt sträckte på sitt högra ben där morbiden bitit honom. Stelheten efter bettet var redan påtaglig.

"Måste vi dra redan. Kan vi inte vila lite efter striden?"

"Nej!" sa Gaius och sträckte på sig.
"De andra är snart här. Vi måste genast iväg. Bra gjort förresten".

"Ja, du dödade bara ett av monstren", sa Adam skadeglatt och skrattade förnöjt.

Gaius log tillbaka.

"Ja, nu vet jag att du har mod och inte bara en stor käft. Kanske du har en liten chans trots allt".

"Jag skulle vilja se Raivens min när han och hans krigare kommer hit och hittar tre döda morbider istället för dig och mig liggandes söndertuggade på marken. Inget de väntar sig inbillar jag mig.

Kom nu dags att dra härifrån. Vi är bara två dagsmarscher från drottningen och hennes stad".

Med snabba steg satte han av tätt följd av Adam rakt in i djungeln med sikte mot de närliggande bergen. Efter ett par timmars hård marsch som kändes i det skadade benet kom de fram till en bred flod.

"Vad gör vi nu?" frågade Adam Gaius.

"Bygger en flotte", svarade Gaius. "Vi kan inte simma över då floden innehåller en köttätande fisksort som kallas för droidfiskar. De är större än pirayor och kan gnaga rent ditt skelett från kött på mindre än trettio sekunder".

Tillsammans fällde de några mindre träd och band ihop stockarna med långa slanka grenar från ett träd i närheten. Till slut var Gaius nöjd.

"De här får duga som paddlar", sa han till Adam och gav honom en gren som var naturligt bred i ena änden. De sköt ut den provisoriska flotten och började paddla. Det gick bra ända till mitten av den cirka etthundra meter breda floden. Där gjorde strömmen det svårt att paddla.
Adam tyckte det kändes som om de knappt kom en meter framåt, hur hårt de än paddlade.
Plötsligt såg Adam hur vattnet började koka bakom honom." Nu kommer stimmet. Se till och ha fötterna på flotten och inte i vattnet" sa Gaius.

Snabbt drog Adam in benen och det var i sista sekunden. Hela flotten omringades av halvmeter stora fiskar. Adam tittade fascinerat ned på de silverglittrande fiskarna. Deras munnar var oproportionerligt stora och tänderna glimmade farligt nära kanten av flotten. Oväntat med ett brak gick Gaius paddel sönder. De började okontrollerat driva nedströms med fiskstimmet runt flotten. Det var som om djuren kände på sig att de snart kunde få sig ett skrovmål.

"Vi måste bort härifrån innan flotten brister", skrek Gaius över dånet från floden. Han tog fram sin flaska med brännbar vätska som han använde när han gjorde upp eld. De hade drivit lite närmare den motsatta sidan, men det var ändå cirka trettio meter kvar till land.

"Hoppas du simmar bra. När jag hällt ut vätskan tänder vi eld på vattnet. Fiskarna kommer automatiskt att backa undan då de skyr elden. Sedan får vi simma för livet och hoppas de inte ser oss direkt".

Adam svalde hårt och spände musklerna i armarna. Han var en ganska så duktig simmare men det här var något helt annat än livräddningen de brukade träna på jobbet. Gaius hällde snabbt ut vätskan runt flotten.

"Vänta! Ta den här", sa Adam och gav Gaius sin tändare som han just kom på att han hade i sin ena ficka. "Det går snabbare än ditt sätt".

Han kastade tändaren till Gaius som snappade upp den, böjde sig ned och tände på. Halvmeterhöga lågor slog genast upp runt flotten och fiskarna försvann som genom ett trollslag.

"Nu!" vrålade Gaius och dök i vattnet tätt följd av Adam. De simmade så det fort de bara kunde. Adam borrade ned huvudet i vattnet och motstod frestelsen att vända sig om. Han hämtade andan och såg snabbt framåt. Där var land. De hade simmat cirka tjugo meter och var nästan framme då han kände något stort på sin vänstra sida. Utan förvarning kände han ett sting av smärta och såg hur blodet färgade vattnet rött. En droid hade hunnit ifatt honom och tagit en bit kött av hans kropp. Adrenalinet flödade och han sparkade vilt omkring sig. Han slog till fisken med sin knytnäve och den försvann ur sikte. Nu märkte Adam hur det började koka runt honom i vattnet och dödsskräcken kom krypande. Adam slog i panik med knytnävarna i vattnet när han plötsligt kände stenar under sina fötter. Gaius som redan hunnit upp ur vattnet högg med sitt svärd mot droiderna och hindrade dem att nå fram till Adam. Med en sista kraftansträngning slängde Adam sig upp på kanten och rullade runt i gräset. Helt utpumpad och fullständigt slut i kroppen.

"Det var nära ögat", sa Gaius och böjde sig ned över Adam. Han synade bettet i sidan och gnuggade på lite av sin läkande salva.

"Det kommer att läka. Du hade tur. Hade stimmen hunnit ifatt dig hade det varit slut. De hade rensat köttet från skelettet på mindre än en minut".

Adam tackade tyst högre makter och kostade på sig ett brett leende.

"Ja tur är jag född med. Se bara vilken tur jag haft som hamnat här och får uppleva en sådan fantastisk natur och ett rikt djurliv".

Gaius skrattade högt åt skämtet och båda männen lade sig ned i gräset och vilade, tagna av den farliga situationen som de nyss hade befunnit sig i. Ingen orkade prata eller röra sig på en lång stund. Efter en tio minuters lång vilopaus tog Gaius till orda.

"Dags att vi drar härifrån. Vi får inte låta Raiven hinna ifatt oss här för då har vi inte en chans. Han kommer inte ensam".

Båda männen reste sig mödosamt upp och fortsatte in i skogen, glada att fortfarande vara i livet. De kände båda att de inte hade någon tid att förlora utan måste skynda sig mer än någonsin.

Trots allt hade de än en gång haft turen att överleva en nästan omöjlig situation. Någon däruppe måste vara på vår sida, tänkte Adam. Hoppas bara att turen inte vänder utan att fru Fortuna fortsätter att vara med oss.

Han började bli trött på att fly men innerst inne visste han att han inte hade mycket att välja på. Det var bara att fortsätta framåt. Antingen kom de fram levande eller också skulle allt ta slut här på den märkligaste plats av världar. Han log för sig själv. Det var så absurt allting att om han inte visste bättre skulle han tro att han blivit galen. Han tog fäste på Gaius breda ryggtavla och lät tankarna vandra iväg då de sprang framåt på den näst in till osynliga stigen.

Maria vaknade som vanligt med ett ryck. Instinktivt rullade hon över till Adams sida för att få lite tröst. Men hon var ensam i sängen. Hon kramade Adams kudde samtidigt som hon drog in hans lukt i näsan. Hjälp mig någon, tänkte hon. När ska den här mardrömmen ta slut och Adam bli frisk igen. Hon oroade sig för allt möjligt numera. För Adam naturligtvis, men också för deras barn som det snart var dags att föda. Dagen innan hade hon varit hos barnmorskan för en sista kontroll. Hon hade varit mycket hjälpsam och lugnt förklarat att barnet mådde alldeles utmärkt och det fanns inget att oroa sig för. Men oroade sig var precis vad hon gjorde ändå. Maria tänkte på nyheterna som hon hört på radion om jordbävningen i Sydamerika och den stora översvämningen i Asien. Båda natur-katastroferna hade dödat massor och gjort tusentals människor hemlösa. Det verkade som om naturkatastroferna bara ökade och blev fler och fler för varje månad som gick. Kanske hade det med miljöförstöringen att göra. Det var en konstig tid de levde i. Människor verkade bli mer och mer själviska och självupptagna. Alla bloggade om sig själva och vilka fantastiska liv de levde, men Maria visste bättre. Bakom den glatta fasaden doldes en värld av alkohol och missbruk, pillerknaprande och stress. Även barnen verkade fara illa nu för tiden och stressade jämt. Istället för att umgås som förr i tiden satt alla hemma framför sin dator och surfade, spelade krigsspel eller chattade med andra personer. Den nya tekniken isolerade människan ifrån varandra. På sista tiden hade hon känt en stor oro och ångest för vart allt egentligen var på väg. Hon försökte låta bli att tänka på alla hemskheter som visades på nyheterna, men det gick inte att slå bort allt. Varje gång tankarna dök upp i huvudet fick hon huvudvärk. Ibland kände hon sig så himla ledsen över vad människan gjorde mot naturen och sig själva. Så mycket ondska det finns och vart kommer den ifrån? Hur länge kan det pågå innan allt tar slut och vi alla går under. Precis som det är beskrivet i Bibeln. De nya ledarna för supermakterna i världen verkade också vara personer med en helt egen agenda som inte brydde sig om den här världens bästa. Religionskrig verkade också vara något som blev allt vanligare. Kristna stod mot muslimer och man dödade varandra på det mest fasansfulla sätten. Islamiska Staten (IS) var en ny grym terror organisation som vuxit sig stark men som på sista tiden förlorat terräng i kriget nere i Syrien och Irak. En av alla tidigare terrordåd hon mindes i Europa var attacken 2015 mot en tidningsredaktion i Frankrike. Tre terrorister hade sammanlagt tagit livet av massor med oskyldiga människor på flera platser i Paris. Några av de mördade var satiriker på tidningen som hade gjort teckningar av profeten Muhammed. Maria kunde inte för sitt liv begripa hur man kunde döda någon på grund utav några teckningar. I Pakistan hade flera terrorister tagit sig in på en militärförläggning förklädda till just militärer. De hade riktat in sig mot skolbarnen som fanns inne på området. Bara gått från klassrum till klassrum och skjutit alla barn de såg. Allt detta i Guds namn och för att hämnas tidigare attacker. Helt sjukt var det. En annan sak som var konstig var mardrömmarna som hade börjat efter Adams olycka. Måste vara stressen, men konstigt var det. Alltid samma dröm om den svartklädde mannen med de gula ögonen och den stora breda hatten på huvudet. Drömmen handlade alltid om samma sak. Den svartklädde mannen stod på trottoaren på andra sidan av en gata och iakttog henne med sina gulsvarta ögon. Han kallade på henne och vinkade med sina långa fingrar att hon skulle komma till honom. I drömmen stod hon där och tittade på honom och fast Maria inte ville så var det som om en osynlig kraft drog henne mot mannen. För varje natt som hon drömde den här drömmen så gick hon lite närmare än senaste gången. Trots att hela hennes kropp skrek av fruktan och att hon förstod att mannen inte ville henne väl, så hade hon hela tiden gått närmare. Nu var hon så nära att hon såg att han hade en lång gul nagel på sitt vänstra pekfinger som han uppfodrande vinkade med. Den här sista gången hade hon också sett vad han hade i sin högra hand. En kniv med ett långt vasst blad. Han log mot henne och det såg ut som om hans gula hörntänder var något spetsiga. Med ett ryck hade hon vaknat badandes i svett med genomblöta lakan. Hon rafsade ihop örngotten och lakanet och slängde in dem i tvättmaskinen. Jag håller på att bli galen, tänkte hon. Maria släppte tillbaka Adams kudde i sängen och gick ut i badrummet. Efter en snabb dusch och efter att ha tvättat sig med en extra mild tvål, tagit en kopp te med en ostmacka och ägg kände hon sig lite bättre. Raskt klädde hon på sig nya trosor och klänningen hon fått i present av Adam. Hon tog på sig en ljusgrön kappa som hon köpt på rean tidigare i veckan. Maria valde ut ett par skinnskor som var sköna att promenera med.

Hon stängde och låste ytterdörren och gick sedan till busshållplatsen för att åka till sjukhuset för att som vanligt hälsa på Adam.

Busschauffören som var stor och tjock såg sur ut när hon klev på och betalade.

Han slängde till henne växelmynten och körde iväg innan hon ens hade hunnit sätta sig ned. Bussen var halvfull och de flesta satt och mixtrade med sina telefoner eller halvsov med huvudena mot fönstren. Maria hittade en plats längst bak som var ledig. Efter en halvtimme var hon framme vid hållplatsen närmast sjukhuset. Hon promenerade genom affärskvarteren och fortsatte sedan över universitetsområdet som ledde vidare till sjukhusets entré. När Maria klev in i salen där Adam låg förstod hon genast att något var fel. Runt Adam stod det två sjuksköterskor och även läkaren Brian som tagit hand om Adam när han kom in på akuten. När hon kom närmare så hörde hon en av sjuksköterskorna som sade något till de andra två.

"Jag förstår ingenting. Vad i hela friden kan ha åstadkommit det här?"

Maria fortsatte förbi sjuksköterskorna fram till doktorn.

"Vad är det som händer?" frågade hon Brian.

"Hej Maria!" svarade läkaren och såg på henne.

"Det är inget jättefarligt men Adam har fått något konstigt märke på sitt ena ben och vi vet inte vad det är. En av sjuksköterskorna upptäckte det i morse när hon skulle tvätta Adam".

Han vände sig sedan mot en av de båda sjuksköterskorna med en frågande blick.

"Ja!" sa Helen som var den sjuksköterska som sett märket först.

"Igår fanns det definitivt inte där. Jag förstår inte hur han kan ha fått det".

Maria böjde sig fram över sängen och tittade på Adam som verkade sova lika tungt som alltid. På hans högra lår såg hon ett runt, ganska stort märke som mest liknade ett bett av något slag. Det var mycket rött och irriterat och små bloddroppar trängde upp genom huden.

"Vad är det här för något?" sa Maria vänd mot doktorn. "Det liknar ett bett av något slag".

"Ja kanske det. Jag har aldrig sett något liknande och vi har ingen förklaring till varifrån det kommer. Kanske kan det vara någon slags psykisk reaktion, men jag måste prata med mina kollegor innan jag kan säga något med säkerhet. Hur som helst. Vi har rengjort såret och det är inget som på något sätt påverkar Adams allmäntillstånd", tillade han lugnande.

"Ni måste ta reda på vad det är som händer med Adam. Det här verkar inte klokt", fortsatte Maria. Nu allt annat än lugn.

"Ja vi lovar", svarade doktorn.

"Jag återkommer så fort jag vet något och vi har tagit prover. Nu får du ursäkta mig men jag måste gå ronden och se till de andra patienterna".

Snabbt gick doktorn tillsammans med de två sjuksköterskorna ut ur rummet och lämnade Maria ensam med Adam. Försiktigt tog hon hans hand i sin och smekte den med sin tumme. Vad är det för konstiga bett Adam fått och hur har det gått till? Hon kände sig väldigt ensam men så kom hon att tänka på deras bästa vän Martin. Han hade varit så förstående och de hade faktiskt varit mycket trevligt när han bjöd henne på middag. För några timmar när de pratade gamla minnen hade hon faktiskt kunnat koppla av och inte tänkt bara på Adam och barnet. Hon kanske skulle ringa till Martin och bjuda honom på middagen som hon lovat. Han skulle säkert kunna komma om han var ledig. Då kunde hon bjuda på rådjursstek med potatis och ett glas rött vin. Receptet med den goda såsen hade hon fått av sin gamla farmor som hade varit mycket duktig på matlagning. Ja det gör jag, tänkte hon. Jag ringer Martin och hör med honom om han vill komma imorgon. Maria plockade upp sin mobiltelefon ur handväskan och slog numret till Martin. Genast kände hon sig mindre ensam. Tur att vi har en så god vän att ringa funderade hon medans signalerna från telefonen började ljuda i hennes ena öra. Efter samtalet med Martin som gladeligen hade tackat ja satt hon kvar och berättade för Adam vad som hänt den senaste tiden. Hon brukade göra så och hoppades på något sätt att Adam hörde henne. Konstigt! När hon berättat om den stundande middagen med Martin var det som om Adams anletsdrag blev spända och oroliga. En rynka i pannan mellan ögonen som alltid dök upp när han var orolig syntes för någon sekund.

När hon blinkade till och tittade igen så såg Adams ansikte lika fridfullt ut som det alltid gjorde när han låg där i sin sjukhussäng. Jag måste ha inbillat mig, tänkte hon. Maria tog sin jacka och med en sista kyss på Adams kind gick hon tankfullt ut ur rummet. När hon kom ut hade solen gått i moln och plötsligt utan anledning började hon frysa. Maria blev inte varm innan hon hade klivit av bussen, tappat upp ett varmt bad och glidit ned i det varma vattnet. Först då började hon tina upp.

Kapitel 15 - Mannen med hatten

Han hade väntat länge på att hitta en sådan som Martin. Han var perfekt för uppdraget. Så besatt av sin kärlek till en kvinna att han inte längre kunde tänka förnuftigt. Helt perfekt som sagt. Mannen med hatten visste att mycket hängde på hur Martin klarade av pressen. Han var här för att se till att barnet försvann för alltid. Det var synd att Adam inte hade dött där i vattnet. Förbannad otur helt enkelt, eller var det något annat? Mannen med hatten visste att det fanns andra krafter som försökte stoppa honom. Han log för sig själv. Än så länge hade han alltid lyckats med det han företagit sig. Nu var det annorlunda. Så mycket större. Faktiskt så hade han aldrig haft ett sådant här viktigt uppdrag. Det kunde inte bli större och han hade inte råd att misslyckas nu när det var så nära. Barnet fick inte leva nu när tiden snart var inne. Hans herre och mästare tålde inga misslyckanden. Senast hade" HAN" som fötts dött en ohygglig död. Tiden var inne för att han skulle komma tillbaks och återfödas igen. Det fick inte ske. Därför skulle barnet dö. Det var bara fienden som visste vem barnet var och till och med hans mästare fruktade honom. Mannen med hatten hade länge bearbetat Martins inre utan att han visste om det. Han kunde göra sådant utan problem. Så hat och tvivel, illvilja och avund. Små frön som växte och växte tills tiden var inne att plantera hans egna idéer och planer. Med Martin hade det varit så lätt eftersom hans sinne var så öppet för honom att kliva in i. Han hade gjort det så många gånger att det var löjligt enkelt för honom att öppna dörren. Det var ingen slump att han träffade Martin där på baren eller att han gjort hembesök hos just honom.

Det var förutbestämt sedan länge. Han behövde bara vänta ut honom och se till att han var färdig för att användas, innan han skred till verket. Resten hade varit en ren formsak att verbalt övertala Martin att det han gjorde var rätt och riktigt. I krig och kärlek var allt tillåtet, hade han sagt. Mannen med hatten visste att han manipulerade Martin. Tids nog skulle både Maria och Martin dö, men en sak i taget. Barnet var det viktiga målet, inget annat betydde något. Tyvärr kunde han inte själv döda barnet. Det var inte så enkelt. Det fanns regler som inte kunde brytas hur gärna han än ville. Därför var Martin så nödvändig, men han var svag och behövde hela tiden påminnas om vad han måste göra. Mannen med hatten skulle se till att Martin inte glömde det.

Kapitel 16 - Ögonkontakt

Adam och Gaius hade kommit fram till Höga bergen och börjat klättringen uppåt. De sade inte mycket till varandra när de klättrade, men det passade Adam bra då han ändå var djupt försjunken i sina tankar. Hur var detta möjligt att han hade hamnat här? Han hade suttit i sin bil, kört av vägen hemma och nu var han här. Han kände på sig att Gaius inte berättat allt han visste för honom om deras uppdrag och hur han hade kommit hit.

Samtidigt oroade han sig för Maria och vetskapen om att Martin kanske var en förrädare och att det i så fall var Martins fel att han hamnat i den här situationen. På något sätt måste han ta sig tillbaks till sin egen värld och sedan göra upp med Martin. Han tänkte på Raiven som han tydligen skulle få slåss mot vare sig han ville det eller inte. Hur fan ska jag besegra honom? Enligt Gaius är Raiven stor som ett hus och dessutom väldigt duktig på att slå ihjäl folk. Själv hade Adam varit en mycket duktig boxare innan en handledsskada satte stopp för karriären. Men det här var något helt annat. Nu skulle han tvingas slåss för sitt liv mot en krigare som verkade vara en mördarmaskin. En annan sak som han funderade över var att den mystiske

Gaius verkade dölja något fruktansvärt som han gjort i sitt förflutna. Varje gång han frågade Gaius om detta så slöt han sig som en mussla. Adam bestämde sig för att göra ett nytt försök.

"Hör du Gaius var kommer du från egentligen?"

"Ja, lite här och där", svarade Gaius svävande.

"Det är väl inget svar. Var är du född någonstans och när?"

Själv är jag född tionde juli 1985 men du kanske inte vet", sa Adam retfullt.

"Jodå! visst vet jag det men du skulle inte tro mig om jag berättade det. Jag är född runt år noll i din tideräkning i ett land nära Medelhavet. Jag älskade mitt land och att odla druvor. Vinet jag och min familj tillverkade var det bästa i hela landet ska du veta. Min flickvän hette Juliana och jag var mycket förälskad i henne. Ungefär som du i din Maria", sa Gaius.

"Tyvärr var jag ung och dum och gjorde mitt livs misstag. För att imponera på henne gick jag med i armén".

"Vad hände sedan då?" frågade Adam nyfiket. Så här mycket hade Gaius aldrig berättat förut så Adam kände att det var bäst att passa på och fortsätta fråga.

"Det ska jag berätta för dig en annan dag, men nu får det vara nog med frågor. Koncentrera dig på att klättra istället".

Adam bytte ämnet då han kände att han trampat på en svag punkt.

"Den här drottningen Pyria som vi ska till. Vad vet du om henne?"

"Det ska du själv få se med egna ögon", sa Gaius och skrattade plötsligt glatt, utan att nu verka det minsta irriterad.

" Det är ingen överdrift att säga att hon är den här världens vackraste kvinna".

"Låter spännande. Har hon ingen man om hon nu är så snygg?"

"Inte senast jag träffade henne i alla fall, men det är ett tag sedan nu".

"Okey! Det låter som om du är lite kär i henne", retades Adam.

"Vem är inte det", svarade Gaius med ett småleende på läpparna." Det finns inte en man som inte skulle göra vad som helst för att lägra henne. Det kan jag lova dig".

"Ja inte jag i alla fall", svarade Adam.
"Jag har redan en vacker prinsessa".

"Vi får väl se", sa Gaius samtidigt som han tittade nedåt mot vegetationen under dem.

Långt där nere vid kanten av djungeln vid bergets fot syntes en grupp människor på cirka femtio man. Det såg ut att vara tungt beväpnade män varav en var cirka en halvmeter längre än de andra och de pekade upp mot berget där Adam och Gaius klättrade.

"Raiven och hans soldater var tydligen snabbare än vad jag räknade med", sa Gaius sammanbitet.

"Skynda dig nu! Vi måste vidare så de inte hinner ifatt oss".

Adam svalde ned klumpen i halsen som han fått när han tittat ned på Raiven. För första gången såg han den man som han kanske skulle bli tvungen att slåss mot. Även på det här avståndet var han en imponerande syn. Vilken jätte! Adam svalde nervöst igen. Jag är så gott som redan död. Tankarna snurrade runt inne i hans huvud. Han spände sin kropp och vände bort blicken från männen därnere. Snabbt klättrade han efter Gaius vidare upp mot molnen på den enorma bergskedjan.

Raiven hade fått blodvittring när han såg de båda klättrande männen. Han trodde inte sina ögon när han för ett par timmar sedan hade hitta de tre döda morbiderna. Vansinnig av ilska hade han drivit på sina män ännu hårdare och det hade gett resultat. Han hade knaprat in avståndet och nu äntligen fått visuell kontakt.

Han satte ena handen över pannan och kisade med ögonen i det skarpa solljuset. Raiven kände genast igen Gaius som var den som klättrade först. Kul att se dig igen ditt svin. Han smilade ironiskt. Snart har jag ditt huvud på en påle. Du ska inte få någon andra chans, tänkte han. Mannen som klättrade bakom Gaius var alltså den nyanlände som skulle rädda Axor och häxan Pyria som styrde staden. Mannen såg ut att vara ungefär lika stor som Gaius och rörde sig kvickt och smidigt där han klättrade bakom Gaius. Kommer det till strid mellan oss så lever han inte länge, tänkte Raiven kallt.

Sedan när de där två var döda, då skulle han roa sig med drottning Pyria tills hon hade så ont mellan benen att hon inte kunde gå. När han var klar med Pyria skulle hans män få våldta drottningen innan de skar halsen av henne. Upplivad av dessa tankar satte Raiven fart på manskapet som stod bakom honom och pustade i skuggan av träden.

"Sätt fart avskum. Imorgon ska vi vara ifatt de där båda svinen och då blir det en härlig dag för oss, men mindre rolig för de där båda".

Raiven tog täten och satte av i full fart, tätt följd av sina närmaste män mot bergen och de två jagade männen.

Kapitel 17 - Falskhetens mästare

M artin hade blivit mycket upplivad när Maria hade ringt och bjudit hem honom på middag. Han hade efter besöket från mannen med hatten och sheriffen bestämt sig för att börja övertala Maria att det bästa hon kunde göra för Adam var att stänga av de livsuppehållande systemen. Martin tänkte fullfölja sin plan så fort han bara kunde. Gick det inte att övertala Maria så skulle han göra det själv på natten. Han hade redan rekat omgivningarna runt sjukhuset. Det verkade som om det var enklast att ta sig in nattetid och ta livet av Adam. Det var inte speciellt mycket bevakning då och man kunde ta sig in osedd. Natten innan hade han varit vid sjukhuset och manipulerat ett fönster på baksidan. Det såg nu ut som om det var låst, men med ett lätt tryck kunde han öppna fönstret utan problem. Nu skulle han först försöka övertala Maria innan han övergick till den alternativa planen. När han ringde på dörren till Marias och Adams bostad lade han sig till med en djupt sorgsen min.

"Hej Martin! välkommen", sa Maria när hon öppnade dörren.

"Tack! Det känns lite konstigt och tråkigt att det är bara du här och inte Adam också", svarade Martin. (Som tur är tänkte han för sig själv).

"Jo, det tycker jag också", sa Maria och lade handen på Martins arm.

"Han skulle uppskatta att du ställer upp för mig. Det ska du veta". Tillsammans gick de in i vardagsrummet som var dukat för två.

"Jag har tänkt mycket på det som har hänt och läst en hel del på internet om det komaliknande tillståndet som Adam hamnat i", sa Martin.

"Tyvärr så är chansen obefintlig att någonsin vakna upp ifrån en sådan djup koma. Och skulle han vakna upp så har han troligen sådana hjärnskador att han blir ett vårdkolli".

"Är det sant!" sa Maria och slog handen för munnen och kvävde en snyftning.

"Jag vill inte tro det och inte heller höra att du pratar på det viset. Hoppet om att han blir bra släpper jag aldrig, vad som än händer".

"Förlåt mig men jag tänker bara på Adams bästa. Jag känner honom och vet att han aldrig skulle vilja ligga som han gör nu i resten av sitt liv".

"Vi får inte ge upp någonsin. Hör du det. Du måste lova mig att aldrig säga så igen, utan göra allt för att Adam ska vakna upp och bli bra".

Maria var röd i ansiktet av upphetsning och ilska. Ofrivilligt hade hennes ena ben börjat darra. Martin som sett förändringen bytte taktik.

"Självklart", svarade Martin. "Du kan lita på mig. Jag gör allt för att hjälpa dig. Det vet du väl".

Efter det misslyckade övertalningsförsöket så tinade stämningen upp och middagen blev riktigt trevlig. Martin såg att Maria tittade på honom i smyg när hon trodde att han inte såg det. Hon börjar bli lite intresserad, tänkte han nöjt för sig själv. Fortsatte han att spela charmör och Adam försvann helt ur bilden så skulle det nog gå vägen. Hur han skulle fixa bort barnet fick bli en senare fråga. En sak i taget.

Martin väcktes ur sina funderingar när Maria började prata igen strax efter att de avnjutit den goda efterrätten. Hon lät väldigt orolig på rösten.

"Du är den ende som jag kan berätta det här för Martin. Det känns som jag håller på att bli galen. Jag tror jag måste söka läkarhjälp".

"Vad menar du med det?"

"Jo, varje natt drömmer jag samma mardröm om och om igen. Det handlar alltid om en och samma person som jag inte kan se riktigt tydligt. Han kallar mig hela tiden lite närmare och det känns som om han vill skada mig och mitt barn. Det enda jag kan se är att han bär en stor bred hatt som döljer hans ansikte. Tror du att jag håller på att bli tokig?"

Martin bara gapade alldeles vit i ansiktet. Hur i helvete var detta möjligt? Han visste omedelbart vem mannen var som hemsökte Maria i hennes drömmar och vad han var ute efter.

"Det är nog bara hjärnspöken och dålig sömn. Du har så stor press på dig så det är inte konstigt att du drömmer otäcka drömmar. Om du vill så kan jag sova över på soffan om det känns bättre".

"Ja kanske det", svarade Maria som hade tolkat Martins skräckslagna min som omtanke om henne.

"Men det är så konstigt för det verkar också som om mannen jag drömmer om inte är ensam. Jag anar ytterligare en skuggfigur bakom honom i mörkret, men det är så otydligt alltsammans".

Nu var Martin om möjligt ännu vitare i ansiktet.

"Vad säger du!" fick han till sist ur sig. "Ser du fler personer än han i svarta hatten?"

"Ja! Det finns någon mer i bakgrunden, men än så länge ser jag honom bara otydligt. Som en skugga ungefär, utan ansikte".

Vilken tur, tänkte Martin. Djupt oroad över Marias konstiga sanndrömmar. Hur var det möjligt att hon kunde drömma om honom själv och mannen i hatten? Det fanns ingen naturlig förklaring till det. Han anade att det fanns andra krafter som verkade fast han inte kunde förstå vad som låg bakom. För en sekund så ångrade han bittert vad han gett sig in på. Jag är bara en bricka i något större sammanhang funderade han. Jag måste agera snabbt innan hon ser allt tydligare. Adam måste bara dö. Det stod nu helt klart för honom när Maria lugnat ned sig.

När middagen var klar hade de satt sig vid tv:n Maria hade krupit upp tätt intill honom och han kunde känna hennes ljuvliga doft. Utan att han kunde hjälpa det hade han fått ett praktfullt stånd som bultade nere i skrevet på honom. Hoppas hon inte märker något, tänkte han och smekte henne försiktigt över ena armen. Maria verkade inte ha något emot det. Han blev djärvare och djärvare och lät insidan av handen snudda vid hennes ena bröst samtidigt som han smekte hennes överarm. Maria hade uppfattat Martins beröring som omtanke men hon kunde inte neka för sig själv att hon saknat en mans händer mot sin egen bara hud.

Med en kraftansträngning bröt hon sig ur förtrollningen. Martin som hade märkt förändringen gäspade och sträckte på sig. Bäst och inte verka för ivrig.

"Nej tack för ikväll. Nu är det nog bäst att jag går. Det börjar bli sent".

Han reste på sig och kramade om Maria. Helst skulle han viljat fortsätta smeka Maria. Ta av henne kläderna och älska med henne, men han insåg att tiden talade till hans fördel. Han fick helt enkelt vänta, hur jobbigt det än var.

"Vi ses snart igen. Tack för en underbar kväll".

"Tack själv. Jag vet inte hur jag skulle klara mig utan dig ", sa Maria

"Vi kan väl ses i övermorgon och kanske ta en fika ihop?" Martin fortsatte att ta på sig sina ytterkläder medans han betraktade henne.

"Visst! Kör försiktigt hem". Maria böjde sig fram och kysste honom lätt på kinden.

När Martin väl satt i bilen tittade han på sin klocka. Nu eller aldrig, tänkte han och körde mot sjukhuset. Dags att sätta plan B i verket. Han kände sig full av självförtroende när han mötte sin blick i backspegeln. Efter femton minuters körning var han framme. Han parkerade ett par kvarter bort och tog sig genom mörkret ända fram till det preparerade fönstret.

Med ett lätt tryck öppnade han fönstret och klättrade in på golvet. Det var bara nattpersonal på sjukhuset vilket gjorde det lättare att ta sig fram osynlig i de öde korridorerna.
Svetten rann ned för hans panna när han närmade sig Adams rum. Ingen hade lagt märke

till honom. Snabbt gled han in genom dörren och stängde den försiktigt bakom sig. Han skymtade Adam i sängen där han låg och såg ut att sova lika fridfullt som alltid. Nu gällde det att agera snabbt. Han gick fram till sängkanten och tittade ned på Adam." Tyvärr kompis", sa han samtidigt som han tittade ned på sin medvetslöse vän. Händerna darrade på honom när han insåg vad han nu skulle göra. Jag klarar inte det här, tänkte han. Trots allt så gillade han Adam. De hade varit vänner länge nu och haft roligt ihop både på jobbet och på fritiden. De hade delat mycket bekymmer och glädje och han tyckte om Adam för att han alltid hade ställt upp för honom. Nu stod han här beredd att döda sin bäste vän. "Fan att du var tvungen att bli ihop med Maria", sa han högt. "Kunde du inte ha valt någon annan så hade det här aldrig behövt hända". Plötsligt så blev hans händer stadiga igen." Du måste dö för du står i vägen för mig och Maria så enkelt är det". Han böjde sig ned för att hitta kontakten till maskinen som höll Adam vid liv. Fan också! Kontakten var ända nere vid golvet bakom Adams huvud. Måste jag krypa in under sängen för att nå dit, funderade han. Precis när han lagt sig ned och krupit in under sängen hörde han fotsteg. Någon var påväg mot rummet och det med snabba lätta steg. Nu var stegen utanför. Livrädd tryckte han sig ned mot golvet under sängen och väntade, spänd i kroppen som en fiolsträng. Tänk om de hittade honom. Hur i helvete skulle han förklara vad han gjorde där. Sjuksköterskan Helen klev in i rummet. Som vanligt gick hon nattronden och tittade till alla patienterna. Helen var en snygg blondin strax över trettio år. Hon hade nyligen fått sin andra dotter och hon verkligen avgudade sina två barn. Det var en vecka kvar till Sonyas, hennes äldsta dotters födelsedag och hon gick och funderade på vad hon skulle köpa till henne. Kanske den där söta rosa klänningen som hon visste att Sonya sett i en klädesaffär och verkligen trånade efter. Hon log glatt vid tanken på hur söt hennes lilla flicka skulle bli. Helt inne i sina tankar klev hon in på Adams rum. Som alltid gick hon fram till sängen där Adam lika avslappnad som vanligt såg ut att ligga och sova. Hon checkade att maskinen var rätt inställd och fungerade som den skulle. Hon böjde sig fram för att stoppa om Adam då hon stelnade till. Helen snarare kände än såg att någon befann sig under sängen. Trots att hon försökte bevara lugnet drabbades hon av panik. Hennes händer började skaka när hon rättade till täcket och benen kändes som spagetti. Hon klarade inte längre av att bevara sitt lugn. Fort vände hon runt och började springa mot dörren. Måste hinna ut, tänkte hon medan hon sprang. Hon försökte skrika, men skräcken hade dragit samman strupen så att bara en halvkvävd snyftning trängde fram. Martin var snabb.

Med ett ryck hade han tagit sig upp på fötter. Precis när Helen var framme vid dörren fick han tag på henne och slet ned henne på golvet. Han satte sig ovanpå Helen. Kvickt satte han fast hennes armar med sina ben och tog tag med båda händerna runt hennes hals och klämde allt vad han kunde. Fascinerat stirrade han in i hennes ögon samtidigt som han sakta klämde livet ur henne. Helen klöste och sparkade så mycket hon kunde. Hon kämpade för sitt liv, men hade inte en chans mot mannen som satt grensle över henne. Ögonen höll på att tränga ur sina hålor och hon fick ingen luft hur hon än försökte. Det sista hon tänkte innan hon svimmade var på sina två små barn. Hur skulle de små nu klara sig utan henne? Tanken blixtrade genom hennes huvud. Det sista hon såg för sin inre blick var bebisen och hennes älskade lilla Sonya i sin nya rosa klänning, sedan sögs hon in i det djupa mörkret. Efter någon minut var kampen över och hon var död. Martin drog djupt efter andan och försökte få kontroll på sin flämtande andhämtning. Vad fan hade han gjort med henne! Insikten fick honom att rysa. Han måste snabbt göra sig av med kroppen. Ingen fick hitta liket här inne i Adams rum. Martin hade totalt glömt bort varför han befann sig på sjukhuset. Med ett kraftigt tag om Helens midja slängde han upp henne över ena axeln och gläntade försiktigt på dörren. Ingen där. Han halvsprang genom korridoren och bort till ett öppningsbart fönster i slutet av gången. Martin öppnade fönstret på vid gavel och hivade sedan ut Helens döda kropp över kanten. Snabbt sprang han tillbaks samma väg han kom in och lyckades osedd ta sig till bilen. Han fumlade med nycklarna innan han hittade rätt i tändningslåset och startade bilen. Martin körde nästan ända fram till de hörn på huset där han öppnat fönstret och kastat ut den döda kroppen. Där bakom ett buskage såg han ett förvridet ben. Fort med ryckiga rörelser hoppade han ur bilen och öppnade bagageluckan. Svettig och nervös sprang han sedan bort till Helens döda kropp och släpade henne tillbaks till bilen. Han tog tag under hennes armar och baxade så fort han kunde, ned kroppen i bagageutrymmet. I panik körde han därifrån och tio minuter senare parkerade han utan för sin egen lägenhet. Med en sista kraftansträngning tog han sig in i sitt sovrum och lade sig på sängen med kläderna på. Fem minuter senare hade han somnat utmattad och sov hopkrupen som ett litet barn med armarna under sin kudde.

Kapitel 18 – Stenraset

Trots att Adam och Gaius klättrade så fort de kunde så tog männen bakom dem in på avståndet. Nu skilde det bara cirka etthundra meter mellan de två klättrande grupperna. Raiven var den av förföljarna som klättrade först. Han hetsade sina män med utrop och svordomar så fort de halkade efter. Adam tyckte att Raivens ögon glödde när han tittade ned på den jättelike mannen vars muskler även på det här hållet var imponerande.

" Dags att sätta lite käppar i hjulet för vår gode vän Raiven och hans män", sa Gaius och stannade. Ovanför sig såg Adam hur det stack ut en större bit av en klippkant. Det såg ut som det var en stor spricka närmast berget i det stora klippblocket. "Hjälp till här", sa Gaius.

"Hinner vi verkligen med det här", flämtade Adam, helt slut av den påfrestande klättringen."Vi måste, annars kommer de snart vara ifatt oss", svarade Gaius.Med gemensamma krafter började det slå och hacka med sina stridsyxor runt kanten på utlöparen. Efter cirka fem minuter hade de fått loss en stor bit av stenbiten närmast klippan. Fort klättrade de upp ovanför den utskjutande stenen och började gemensamt sparka och hoppa på stenbumlingen.

Förföljarna var nu mindre än femtio meter bakom dem. Plötsligt med ett väldigt brak så lossnade stenen. Adam var nära att följa med stenblocket ned, men i sista stund lyckades han få ett grepp runt Gaius midja och klamra sig kvar på bergskanten. Fascinerat såg han hur stenraset växte i styrka. Två av Raivens män hamnade mitt under raset och med ett skrik följde de med ned i avgrunden. De andra männen som var bakom de som föll stannade till och tryckte sig in mot berget, plötsligt livrädda att ramla ned. Även på det här avståndet kunde de höra hur Raiven skrek och förbannade de båda männen ovanför sig. Gaius sprack upp i ett stort leende.

"Nu tror jag att de lugnar ned sig lite", skrattade han." Även jätten därnere vill inte ramla ned tror jag". De fortsatte att klättra och mycket riktigt så ökade avståndet igen mellan de två grupperna. Efter två timmars klättring uppåt bar det av igen nedåt. Efter ytterligare en halvtimme kom de fram till en hängbro. De sprintade över och det sista Gaius gjorde var att hugga av repen som förband hängbron med andra sidan.
"Så där ja. Det lär sinka dem ett tag".

Resten av klättringen var i lätt terräng och gick ganska så fort. Efter tre timmar och ett par vilopauser öppnade dalen upp sig.
Framför dem på andra sidan bakom en vacker azurblå sjö låg staden Axor.

Även på det här hållet var det en imponerande syn. "Fantastiskt!" sa Adam. "Den där staden måste vara ointaglig". Runt själva staden löpte en tjugo meter hög mur. Bakom muren tornade bergen upp sig så långt man kunde se. Staden var gigantisk med stora torn lite här och där som stack upp över taknockarna. För att inta den här staden måste man ha en arme på många hundratusen man, tänkte Adam. Efter att i två timmar vandrat runt sjön, började de närma sig staden. De gick tillsammans sida vid sida framåt mot muren och den gigantiska träporten som ledde in till staden. Några stadsbor som var ute på de kringliggande fälten stirrade nyfiket på de båda främlingarna. Det dröjde inte länge innan en vaktstyrka på tjugo man omringade dem. Ledaren för vaktstyrkan presenterade sig som Morgor och frågade vad syftet med besöket var. "Vi är här för att träffa drottningen", sa Gaius och spände ögonen i vaktchefen.

"Skicka bud att Gaius och hans kämpe har anlänt". Med självsäker min såg han på männen.

När soldaterna hörde det hostade de till och stirrade med stora ögon på Adam.

Förläget tittade han sig omkring. Vad hade de förväntat sig. Antagligen någon som var bra mycket större och starkare än vad han var. Adam försökte spela nonchalant men innerst inne kände han sig långt ifrån säker.

Morgor skickade iväg en budbärare och sedan ställde de sig att vänta på besked, fortfarande på sin vakt. Gaius började tala.

"Känner du till Raiven? Han har följt efter oss och försökt stoppa oss. Jag skulle tro att han just nu befinner sig vid passet där hängbron hänger tillsammans med en handfull män".

När Morgor hörde det skickade han genast iväg en styrka på femtio man. Han visste mycket väl vem Raiven var och tog inga risker.

"Är han kvar där så ska vi hitta honom och döda honom", sa Morgor med en min som inte tålde några invändningar.

Knappast troligt, tänkte Gaius men alltid värt ett försök. Åtminstone skulle det tvinga Raiven att backa tillbaks tills förstärkningen anlände och det skulle dröja minst fyra till fem dagar.

Efter en kvart kom budbäraren springande tillbaks. Han viskade något i örat på Morgor som genast ändrade attityd."Välkomna!" sa han högtidligt och kramade om de båda männen. En ovanlig hedersbetygelse i Axor som bara utfördes vid mycket speciella tillfällen. De övriga männen böjde på sina huvuden och ryggar.

"Res er upp för guds skull ", sa Gaius som aldrig gillat när folk bugade för honom.

"Kom!" sa han till Adam." Nu går vi till drottning Pyria". De fick vandra en bra stund genom staden innan de kom till ett stort torg framför ett praktfullt palats. Adam såg sig nyfiket omkring där han vandrade framåt. Allt verkade rent och prydligt och folk var upptagna med diverse sysslor. En skomakare satt utanför butiken och sydde på ett par sandaler. Lite längre bort kom en ljuvlig doft från bageriet. Framför palatset på torget, lekte en handfull barn med en boll gjord av getskinn. En smed stod framför städet och bankade med sin hammare på en hästsko. Mannen log mot Adam när han passerade. Allt verkade andas frid och fröjd, men i ögonen på människorna kunde han avläsa en oro och rädsla. När de gick uppför trappen mot palatsvakten började han bli nervös. Det gick inte att undvika att det var fullt med beväpnade soldater överallt. Gaius hade sagt att Pyria var otroligt vacker och nu var han spänd på att få se henne i verkligheten.

De leddes in genom flera stora salar innan de klev in i själva hjärtat av palatset. På en magnifik tron av gyllene guld satt en gudomligt vacker kvinna. Hon var lång och mycket graciöst byggd med långa vackra ben och breda axlar för att vara en kvinna. Runt hennes perfekt formade ansikte låg det guldgula lockiga håret som en slöja. Hennes näsa var rak och läpparna fylliga.

När hon fick syn på Gaius log hon ett blixtrande leende, samtidigt som hon reste på sig.

Med utsträckta armar och det breda leendet gick hon Gaius till mötes och gav honom en stor varm kram. Gaius var inte sen att besvara den familjära omfamningen.

"Äntligen är du här min vän", sa Pyria och log mot Gaius. "Du är inte längre ensam ser jag", tillade hon och vände sig istället mot Adam.

När Adam besvarade drottningens blick var det som att sticka in en glödhet i kniv i hans mellangärde. Han hade aldrig sett så vackra ögon. De var så intensivt grönblå och blicken så klar att han drunknade i dem. Förläget började han hosta och titta ned i backen. Han var säker på att alla därinne sett vad som just hänt med honom och han kunde inte låta bli att skämmas.

"Men ska du inte presentera oss Gaius", sa drottningen och skrattade ljudligt.

Gaius hade leende iakttagit händelseförloppet. Nu harklade han sig högt.

"Drottning Pyria! Här har du mannen som ska rädda din stad. Adam är hans namn".

Adam som hämtat sig sträckte fram sin högra hand. Istället för att ta tag i handen klev Pyria fram och gav Adam en likadan kram som Gaius nyss fått. Adam kunde känna de fasta brösten

114

genom tyget på hennes klänning. Han log mot drottningen och kände sig genast mer avslappnad.

"Ursäkta att jag stirrade men jag har aldrig mött ett livs levande drottning förut. Det hör inte till vardagen precis där jag kommer ifrån".

Pyria log. Hon tog de båda männen i varsin hand och ledde dem in mot en mindre kammare bakom den stora salen.

"Kom! Nu har vi viktiga saker att diskutera".

Inne i kammaren slog de sig ned på varsin stol med hög rygg. På ett litet bord fanns det olika frukter. En del kände Adam igen och några var för honom helt främmande. Han tog en rödaktig frukt och smakade. Den var mycket söt och god. Frukten var något helt nytt och fantastiskt uppfriskande. Adam smackade med tungan mot gommen och tog en ny tugga av den underbara frukten.

"Är det sant att du har kommit från en annan värld för att befria oss från tyrannen?" började Pyria samtalet.

"Jo, nog är det sant", svarade Gaius innan Adam han öppna munnen. "Jag var själv där och tog emot honom och räddade hans liv".

"Hör nu!" protesterade Adam.

"Visst! Jag hör inte hemma här men att jag skulle vara kämpen ni väntat på vet jag inte. Jag har aldrig sysslat med vare sig slagsmål, närstrid eller svärdfäktning. Däremot verkar den där Raiven vara bra på både och".

Gaius log. "Bry dig inte om honom", sa han vänd mot Pyria."Han kommer att vara redo när stunden kommer. Det ska jag se till".

"Berätta lite om dig själv", sa Pyria till Adam efter att ha hört vad Gaius just sagt.

"Vem är du egentligen och hur kom du hit?"

Adam skrattade. "Jag vet faktiskt inte. Jag menar hur jag kom hit förstås. Hemma är jag brandman, en sådan som släcker bränder. Det sista jag minns är att jag hamnade i vattnet där hemma i en olycka med bilen och så vaknade jag upp här. Ärligt talat så fattar jag ingenting. Trots att ni pratar ett främmande tungomål så både förstår jag och kan prata ert språk. Ibland känns det som om jag drömmer och kommer att vakna upp när som helst. Förvirrande är bara förnamnet". Allt han just sagt lät helt vansinnigt insåg Adam.

"Nu är du i alla fall här", svarade drottningen. "Det är det viktigaste. Du får absolut inte verka osäker inför folket. Det har spridit sig som en löpeld att väpnaren har kommit med kämpen, precis som den uråldriga sägnen säger. Enligt mina närmaste rådgivare så har tusentals människor börjat samla sig på torget för att få en skymt av dig. Du måste följa med mig ut på balkongen och visa dig. Det skulle betyda mycket för mig och mitt folk om du gjorde det".

Adam som inte kände sig så självsäker längre tvekade först instinktivt men när han såg in i Pyrias vackra men oroliga ögon kunde han inte neka.

"Självklart gör jag det. Kom så går vi ut".

Hand i hand gick de mot balkongen. När Pyria sköt upp balkongdörren drog Adam efter andan. Över tjugofemtusen människor hade samlats på torget nedanför balkongen. När de fick se Adam och drottningen utbröt ett öronbedövande jubel. Både Adam som stod rak i ryggen med fast blick med Pyria vid sin sida, vinkade till folkmassan. De började unisont skandera A-dam, A-dam, A-dam samtidigt som de taktfast klappade i händerna.

"Där ser du, folket älskar dig redan. De ser dig som vår befriare", sa drottningen

Ja! tänkte Adam. Undrar vad de säger när det är dags för tvekampen. Med besvärad blick såg han ut över massorna. De tror att jag är oövervinnelig medans jag i verkligheten inte är någon speciell alls. Bara en vanlig kille som haft oturen att hamna här. Hur sjukt och konstigt det än verkade så måste han nu göra sitt bästa för att leva upp till förväntningarna på honom. Det var inte utan att hans mage drog ihop sig och han fick en stor klump i halsen. Sura uppstötningar trängde ofrivilligt upp i gommen.

Efter ytterligare fem minuters vinkande gick de tillbaks in i slottet. Gaius satt kvar innanför balkongdörren och tuggade på ett äpple.
Lika avslappnad och lugn som alltid.

"Fan är inte du nervös", sa Adam till Gaius.

"Det borde du vara om du tror att du kan förvandla mig till en slagskämpe på bara några dagar". Adam kunde inte låta bli att må illa.

"Hetsa inte upp dig", svarade Gaius.

"Imorgon sätter vi igång med träningen men nu ska vi äta och sedan inkvartera oss".

Efter att ha samtalat med Pyria ytterligare tio minuter kallade drottningen på en av sina tjänare och bad denne visa gästerna till varsitt rum och se till att de fick mat. Hon ursäktade sig och sade att hon måste på ett möte med sina rådgivare, men att de skulle ses senare på kvällen då en stor välkomstmiddag var planerad. När Pyria hade gått så gick de till sina rum. Efter en lättare måltid så gick Adam och lade sig på sin säng. Först nu kände han hur trött han var. Han tänkte på sin hustru Maria och deras ofödda barn. Undrar vad de gör just nu där hemma?

Oron gjorde att han inte kunde koppla av. Om det stämde det Gaius berättat var hon i fara. Han måste snabbt ta sig hem och konfrontera Martin. Det verkade som om han måste slåss för att lyckas med det och i så fall skulle han kämpa som aldrig förr. Inte ens monstret Raiven skulle få hindra honom att ta sig hem. Så tänkte han istället på drottning Pyria. Han hade genast fattat tycke för henne och fast han inte ville erkänna det för sig själv så hade han känt något mer. Han tyckte också att Pyria hade sett på honom med samma slags blick som han hade när han såg på henne. Motvilligt erkände han för sig själv att han hade blivit intresserad av drottningen. Han hade inte trott att han skulle kunna känna så här för någon annan än Maria, men nu insåg han att det var fel. Det han kände för Pyria var ren och skär åtrå, inget annat. Hans puls och hjärtslag ökade markant så fort han kom i närheten av henne. Förvirrad föll han in i en orolig sömn. Konstigt nog drömde han vare sig om Maria eller Pyria utan om en liten bebis var hjärta bultade hårt. Det var som om den lille ville säga honom något, han förstod bara inte vad det var. Trots att han ansträngde sig så försvann barnets ansikte i ett töcken och äntligen med viss möda somnade han in.

Kapitel 19 - Något är fel

Sheriff Mac Allen hade varit på puben och pratat med gästerna och bartendern. Ingen mindes något bråk mellan Adam och några okända män. Konstigt, tänkte Mac Allen. Någon jävel där borde väl ha sett något. Han var fast besluten att fortsätta fråga runt. Trots allt kunde det här vara ett viktigt spår. Han avbröts i sina tankar av ett meddelande från larmcentralen. Det hade hänt något på sjukhuset. En av sjuksköterskorna var försvunnen och ingen hade hört av henne de senaste fem timmarna. Hemma väntade en orolig make med två små barn. En av Mac Allens kollegor hade varit där och pratat med maken men ingen visste något. Inte heller parets grannar. Mac Allen svor för sig själv och satte högsta fart mot sjukhuset. Det visade sig vara Helen Hunter som var borta. Hon hade försvunnit någon gång under nattskiftet. Ingen visste säkert exakt när eftersom man arbetade mycket ensam på natten då bemanningen var som minst. Mac Allen kände mycket väl till Helen eftersom de ofta stötte på varandra i arbetet. Han tyckte om henne och förstod att något allvarligt måste ha hänt. Hon skulle aldrig frivilligt hålla sig undan då hon levde helt för sina små barn och sin make. Ganska snart efter att ha pratat med personalen insåg Mac Allen att något var fruktansvärt fel. Han gick en runda inne på sjukhuset för att sedan gå ut och se sig omkring. Det tog inte lång tid innan han upptäckte bilspåren i gräset. Han tittade upp och såg fönstret högt däruppe. Ett buskage var nedtryckt precis som om något tungt ramlat ned. Precis där, nedanför ett av fönstren. Snabbt tog han sig upp till våningen där fönstret var beläget. Han konstaterade att någon hade öppnat hakarna. På en liten spik i nederkanten av fönstret satt en liten vit tygbit. Likadant tyg som efter de uniformer som användes på sjukhuset. Sakta vände Mac Allen sig om. Där i slutet av korridoren på åttonde våningen låg brandmannen Adam medvetslös. Vad fan är det som händer? Har det här något samband med vad han nu trodde hade hänt med Helen? Han kunde inte vara säker, men allt tydde på att någon kastat ut Helen genom det öppnade fönstret och sedan transporterat bort kroppen med en bil. Med raska steg gick han ut igen och ringde efter teknikerna och uniformerad personal. Han drog ett avspärrningsband runt gräsmattan och bilspåren. "Nu jävlar fick det vara nog", sa han högt. En mördare gick lös i staden men vem och varför hade han inte klurat ut än. Det skulle han göra, var så säker. Han var en man som inte trodde på slumpen. Först mordförsöket på Adam och nu försvinnandet av sjuksköterskan som dessutom arbetade på avdelningen där Adam låg. Visst hängde det samman, men på vilket sätt? Det var frågan som han måste besvara och det snabbt innan det hände något igen. Tydligt var att en samvetslös mördare härjade i hans stad och det tänkte inte Mac Allen tillåta. Han instruerade sina två kollegor som kommit till platsen och bad dem att invänta teknikerna. Han ville inte än gå ut med att han trodde att Helen var död. Ingen kropp inget mord, tänkte han. Det viktigaste nu var att säkra spåren på plats. Mönstret på däcken matchade en bil någonstans. Det gällde bara att hitta rätt bil. En annan sak han måste göra var att prata med Maria igen och tala om för henne vad han misstänkte. Sedan skulle han se till att en vakt satt utanför Adams dörr. Något sade honom att Helen sett något eller avbrutit något som det inte var meningen att hon skulle göra. Mördaren hade sedan fått panik, dödat Helen, kastat ut henne genom fönstret och sedan transporterat bort kroppen i sin bil. Mac Allen trodde att någon varit inne hos Adam för att avsluta det mördaren en gång påbörjat. Helen hade helt enkelt otur och råkade komma i vägen för den person som försökt ta livet av Adam. Än så länge var det bara en teori, men han trodde på den utifrån sin erfarenhet som polis. Han körde ut från sjukhus området och styrde ut på vägen i riktning mot Maria och Adams hus.

När han kom fram såg han att Maria var på baksidan av huset och hängde tvätt. Efter att de hälsat på varandra förklarade sheriffen sitt ärende. När han var klar var Maria alldeles vit i ansiktet.

"Vad är det som händer?" frågade hon Mac Allen oroligt.

"Jag begriper ingenting längre. Vem är det som vill döda Adam och varför? Han har inga ovänner som skulle vilja honom så illa".

"Jag vet inte än varför men jag ska ta reda på det", svarade sheriffen.

"Lova mig att ni skyddar Adam", sa Maria. "Inget får hända honom nu. Det skulle jag inte klara av".

"Jag lovar! Vi har en vakt som bevakar Adam tjugofyra timmar om dygnet. Har du någon som hjälper dig?" undrade sheriffen.

"Ja, vår gode vän Martin brukar komma och hälsa på. Han har hjälpt mig mycket". Maria log när hon tänkte på deras gemensamme vän.

"På tal om det. Har Adam någonsin sagt till dig att han råkat i bråk på en pub när han och Martin varit ute?"

"Nej det har han aldrig nämnt. Adam berättade annars alltid det mesta för mig. Hur så?"

123

"Bara undrade", svarade Mac Allen undvikande. "Oroa dig inte för mycket nu. Vi har läget under kontroll. En sak till. Det vi har pratat om stannar mellan oss". Han såg allvarligt på henne.

Maria nickade till svar. Hon förstod att han hade en mycket god anledning att säga så till henne utan att hon frågade mer. Sheriffen lämnade Maria efter ytterligare några minuters småprat. På vägen tillbaks till city hade han en rynka mellan ögonbrynen. Han fick alltid det när han koncentrerade sig extra mycket. En misstanke började gro i hans hjärna. Hade inte Martin verkat orolig när han ringde på hemma hos honom? Faktiskt livrädd när han tänkte efter. Han hade också sett att Martin hade haft någon på besök fast det verkade som om han ville dölja det. Undrar om Martin har en bil? Dags att hälsa på den gode vännen igen och kanske testa honom lite för att se hur han reagerar. Han kanske var ute på fel spår, men det var i alla fall ett spår. I brist på annat var det värt att undersöka. En kvinnas skönhet hade förvridit huvudet på en man mer än en gång, så varför inte. Han gasade på ivrig att komma fram. När han ringde på hemma hos Martin öppnade ingen. Han gjorde en slagning via bilregistret och fick fram Martins bil men hur han än letade i kvarteret så kunde han inte hitta den. Mac Allen ringde till brandstationen och fick veta att Martin hade en ledig dag.

124

Okey! Jag kommer tillbaks senare så får vi se vart han håller hus, tänkte han. Mac Allen körde tillbaks till stationen för att se vad teknikerna hade hittat. Det visade sig att de hade penslat av golvet och han hade fått sina misstankar bekräftade. Teknikern Frank, lika sur som vanligt berättade vad de gjort."Någon har släpat något över golvet fram till fönstret och sedan kastat ut föremålet. Det är ingen vild gissning att tro det rör sig om en människokropp i Helens storlek". "Varifrån släpades hon?" undrade sheriffen. "Släpspåren börjar inne hos den där medvetslösa brandmannen", svarade Frank. "Precis innanför dörren", fortsatte han ivrigt.

Frank redogjorde för spåren de säkrat. Han var speciellt nöjd med avgjutningen från däckspåren i gräsmattan. De hade blivit riktigt bra.

Mac Allen tackade Frank för ett bra jobb och gick in till sig. Hans rum låg på tredje våningen i polishuset. På första våningen huserade de uniformerade kollegorna och kommunikations-centralen. På andra våningen låg kriminal-avdelningen. Sammanlagt var de femtio poliser och ett tiotal civilanställda som jobbade där. Han satte sig i sin skinnfåtölj, lutade sig bakåt och sköt ned hatten i pannan. Det såg ut som han sov men inget kunde vara mera fel. Hans hjärna arbetade för högtryck trots att hans kropps-hållning tycktes tyda på motsatsen.

Kapitel 20 - Beskyddaren

Gaius satt på en matta framför det stora panoramafönstret. Solen var på väg ned. Himlen var rödfärgad och reflekterades mot bergen som omgav staden. Han satt lätt framåtlutad med benen korslagda. Ett otränat öga kunde nästan tro att han somnat. Han verkade lugn på ytan, men inom honom var oron desto större. När han mediterade kunde han alltid känna av närvaron av mannen med den breda hatten. Gaius visste mycket väl vem han var och vad han ville. Det var en man med otrolig styrka och ren ond kraft han hade mot sig. Vissa dyrkade honom men de var alla vilsna själar. Han kände hur mannen med hatten försökte tränga in genom hans pansar, men Gaius var för rutinerad för att släppa in honom i sin hjärna. Försök du, men här kommer du inte in, tänkte han. Gaius hade medvetet valt att inte berätta allt för Adam. Visste han för mycket så skulle det få honom ur balans och det gick inte för sig. Speciellt inte nu när han snart skulle möta Raiven i en tvekamp. Han låtsades vara säker på utgången för Adams skull men innerst inne var han fylld av tvivel. Adam hade rätt. Han var en enkel brandman och Raiven var en man som hade dödat tusentals män i strid. Hur skulle han få Adam att lyckas besegra en sådan krigare? Han tänkte efter mycket noga. Vad hade Raiven för svagheter. Inga egentligen, förutom en enda. Raiven var säker på att han var oövervinnelig och därför kunde kosta på sig att vara vårdslös. Gaius måste lära Adam att utnyttja denna enda svaghet. Gaius måste få Adam att verka osäker och svag i början av striden så Raiven slappnade av och kände sig ännu säkrare på att segra. Då hade han kanske en chans att sätta in den avgörande, dödande stöten. Han kommer bara få en chans. Misslyckades den attacken var Raiven varnad och striden var över. Gaius skulle träna in olika försvarspositioner med Adam så han överlevde de första minuterna av striden. Det var mycket viktigt. Sedan hade han en attack som definitivt skulle överraska Raiven. Gaius hoppades nu att Adam tog till sig vad han hade att lära honom och det på mycket kort tid. I morgon började träningen och då fick han se vad Adam gick för. Gaius hade en känsla av att Adam var farligare än vad han själv trodde. Det hade han bevisat i kampen mot Morbiderna. Det gällde bara att plocka fram raseriet och hatet i honom och det hade Gaius också en plan för.

I morgon, tänkte han. Då får vi se. Gaius började fundera på sitt eget liv. Han var mycket gammal och egentligen genomtrött i själen. Han fick aldrig vila och fann ingen ro någonstans. Han hade fört ett kringflackande liv ända sedan" DET" hände. Vart han än kom blev han tvungen att kämpa. Än för det ena, än för det andra. Han hade också tvingats att döda om och om igen. Han visste med sig att den enda som eventuellt kunde besegra Raiven i en regelrätt strid var han själv, men den här gången fick han inte ingripa. Så var det bestämt och inget han kunde göra något åt. Han tänkte den förbjudna tanken och det svindlade för honom ett ögonblick. Tänk om det gick? Då skulle han äntligen få ro i sin plågade själ. Han vågade inte tänka tanken fullt ut, rädd för att misslyckas och vad det skulle innebära för honom själv. Hans brott var fruktansvärt och oförlåtligt. Att han någon gång skulle få förlåtelse var inte troligt, men nu kände han att det kanske i alla fall var möjligt. Drömmen han drömt var så verklig och"HAN" hade själv framträtt och sagt det till honom. När han efter den morgonen vaknade så kände han för första gången på väldigt länge något som skulle kunna liknas vid hopp i hjärtat och i sitt inre rum. Gaius var beredd att göra vad som krävdes av honom för att lyckas. Inget skulle få stoppa honom. Varken Raiven, kejsare Enocius eller mannen i hatten. Fruktansvärda motståndare var och en, men han måste tro på sig själv och sin egen kapacitet. De skulle få se vilka överraskningar han planerade för dem. Adam skulle bli den han gjorde honom till. Adam var nyckeln, så enkelt var det bara.

Han fick inte misslyckas nu när han var så nära. Nu något lugnare öppnade Gaius sina ögon och med en mjuk rörelse kom han på fötter. Dags för en dusch och sedan välkomstfesten. Resten tar vi itu med imorgon. Han fortsatte in i duschen och sparkade av sig sina kläder på golvet. Vattnet strilade ned över hans vältränade kropp och bildade en stor pöl på golvet. När han duschat färdigt virade han handduken kring sin muskulösa midja och fortsatte in i säng- kammaren. Han lade sig ned på den breda sängen och stirrade upp i taket. En fluga cirklade runt däruppe, fångad i en evig dans runt taket. "Precis så ska vi få Raiven att dansa", sa han högt, fast han visste att ingen hörde honom. Efter att ha vilat ett tag reste han sig upp, sträckte på musklerna och började byta om.

Kapitel 21 - Undanröjandet

M artin hade åkt långt hemifrån. Han stannade långt ute på landet. Osedd lyckades han släpa ut Helens döda kropp ifrån bagageutrymmet. Han grävde en grund grav i den ganska hårda marken. Efter en timme var graven så pass djup att den med lätthet dolde Helens nu ganska likstela kropp. Med en kraftansträngning rullade han ned kroppen och skottade igen graven med jord. Martin undvek att titta när han kastade jorden i ansiktet på henne. Efter det gick det mycket lättare. Han avslutade det hela med att släpa fram ett par tunga stenar som han lade ovanpå graven. Han tittade sig omkring. Ingen människa i närheten. Om man inte tittade väldigt noga skulle man aldrig ha lagt märke till att någon just grävt på platsen. Stenarna dolde det mesta. Förresten låg den här platsen så avlägset att ingen människa kom hit särskilt ofta. Nöjd med sig själv återvände han till sin bil. Han lade in spaden därbak, satte sig vid ratten och körde vidare. Han åkte till en stad som låg över femton mil bort. En större däcksfirma hjälpte honom att köpa och sätta på fyra nya däck. Ingen ställde några frågor utan allt gick mycket smidigt. Naturligtvis betalade han allt kontant.

Inga spår fick lämnas kvar. Spaden kastade han ut i ett dike på vägen hem. Efter sex timmar var han tillbaks hemma. Han dammsög bilen noga. När han var klar gick han in och tog en lång dusch. Iklädd morgonrock satte han sig i sin favorit fåtölj och slog upp en dubbel som han svepte. Spriten brände i halsen men gjorde honom mycket lugnare. Han begrundade vad han gjort under dagen. Hade han missat något? Inte vad han kunde komma på. Förbannad otur att hon skulle dyka upp precis då. Nu skulle det bli mycket svårare att komma åt Adam. Undrar om de har förstått och sett sambandet. Sheriffen var inte dum. Man fick absolut inte underskatta honom. Han visste att han gjort bort sig när sheriffen var på besök hemma hos honom. Nästa gång han kom med sina förbannade frågor skulle han vara mera förberedd. Han tänkte sedan på Maria och hur bra allt gick. Helt enligt den plan som han utarbetat. Så som han smörade skulle det inte dröja länge innan han fick som han ville. Bara Adam försvann så skulle allt gå mycket lättare. Han hade ett löfte att hålla till försäljaren. Han såg inte fram mot nästa möte med honom. Inte nu när han visat vad han kunde göra med Martin om han ville. Fan! Det är inte klokt. Om han nu är den jag tror så ligger jag illa till, funderade han. Om jag inte lyckas gör mig av med Adam och sedan levererar Maria och Adams barn till honom så skulle han själv dö.

Ingen lätt uppgift, men han skulle lyckas. Det fanns inga alternativ helt enkelt. Under en kort sekund tänkte han tanken att han var tokig. Visst han saknade empati, men det gjorde väl inte honom till en galning? Han var kapabel att mörda. Det visste han nu. Han hade faktiskt känt en konstig njutning när han ströp kvinnan.

Han började plötsligt flina. Kanske var han galen, men skit samma. Han skulle ändå få det han ville. Det var inga problem. Jag har situationen under kontroll intalade han sig. Full koll på läget, men nu var det dags att gå och sova. Han måste upp och jobba tidigt imorgon och då måste han vara precis som vanligt så att ingen fattade misstankar. Efter att ha lagt sig i sin stora, svindyra dubbelsäng sov han gott utan att drömma några mardrömmar och vaknade utvilad nästa dag.

Kapitel 22 - Festen

När Gaius och Adam vilat färdigt, tagit ett långt bad och klätt på sig hämtades de från sina rum av varsin tjänare. Strax efteråt trädde de in i den stora festsalen som var full av folk. Alla i hela staden av betydelse var där. När de fick syn på de båda männen tystnade alla och nyfikna blickar riktades mot dem båda. Sedan började alla applådera och hurra och tystnade inte förens drottningen reste på sig.

"Var hälsade kämpar och befriare av den Vita staden. Idag håller vi en fest till er ära. Varsågoda och sitt", tecknade hon mot två lediga platser på varsin sida om henne.

Gaius och Adam gick genom den stora salen och satte sig med allas blickar riktade mot sig. Båda kände sig en aning förlägna och smått förvirrade. Strax efteråt kom de in flera gycklare och akrobater och festen tog sin början. Mängder med tjänare bar in det ena fatet efter det andra med olika läckerheter. Det var mat och vin i överflöd. Adam tittade på drottningen i smyg under kvällen. Han såg att hon också studerade honom när hon trodde att han inte såg. Det var uppenbart att det fanns en gemensam attraktion mellan dem och någon skulle förr eller senare ta första steget. Det blev Adam som efter flera

timmars festande och vindrickande blev ensam
med henne. De stod lite avskilt i ett hörn och
diskuterade vad som skulle hända vid
tvekampen. Det snurrade i Adams huvud av allt
vin han druckit. Han kände sig avslappnad men
ändå märkbart upphetsad av att vara så nära
henne. Pyrias nakna lår under den tunna
klänningen rörde som av en tillfällighet vid hans
ben. Adam kände hur det gick som en stöt genom
honom. Sakta tog han tag med ena handen över
hennes ryggslut och tryckte henne mot sin kropp.
Pyria flämtade till men hon gjorde inget
motstånd utan besvarade villigt omfamningen.

Adam såg in i hennes grönblå ögon och
drunknade igen. De kysste varandra utan att
någon egentligen tog initiativet. Det kändes som
om det bara hände naturligt. Tillsammans gick
de in i drottningens sovrum. Ingen annan hade
lagt märke till vad som höll på att hända.
Adam hjälpte till att ta av Pyria klänningen som
landade i en hög vid hennes fötter. Hennes hud
var sammetslen och mjölkvit förutom den blonda
lilla triangeln vid hennes sköte. Brösten var fasta
och runda med bröstvårtor som stod rakt ut av
upphetsning. Genast fick han stånd när han såg
hennes fulländade kropp. Det här händer inte på
riktigt. Det sker bara i min fantasi, tänkte han.
Den åtro han kände var så intensiv att han nästan
ramlade omkull.

Han var gift med en kvinna han älskade över allt annat och skulle aldrig vara otrogen i det verkliga livet, men det här var annorlunda. Det här var en annan Adam, intalade han sig själv medans han smekte Pyria över magen och hennes runda fasta stjärt. Han kunde känna hur våt och redo hon var. Pyria stönade tyst och kysste honom igen. Sakta böjde han henne bakåt i sängen och lade sig ovanpå.

Med lätthet trängde han in i hennes trånga sköte samtidigt som hans tunga letade sig in i henne mun. Försiktigt bet han henne i hennes fylliga läppar och smekte hennes bröst. De älskade med varandra under en lång stund. Först i början med långsamma stötar och sedan allt hårdare och hårdare tills de båda skrek högt och tillsammans förenades i en orgasm.

Flämtande och genomsvettiga låg de bredvid varandra. Båda nakna utan att säga något på en bra stund. Tillsist reste Adam sig upp och tittade på den vackra kvinnan som nu låg helt tillfreds-ställd och nöjd vid hans sida. Båda var lite förlägna och visste inte riktigt vad de skulle säga efter det som hade hänt. Adam kysste Pyria lätt på munnen. Han viskade till henne hur underbart det hade varit innan han reste sig upp och lämnade henne där hon låg med dunkudden tätt tryckt intill sin vackra fulländade kropp.

Det sista han såg innan han försiktigt stängde dörren bakom sig var hur Pyria log mot honom. Det kändes som om det som hänt mellan dem gjorde alla ord överflödiga. När han kom till sitt rum kröp han ned under täcket. Utmattad och för första gången på länge helt lugn somnade han i sin säng utan att tänka några oroliga tankar.

Pyria hade desto mer att tänka på. Hon kände att hon inte hade råd att bli känslomässigt engagerad. Ändå kunde hon inte förneka sina känslor som hon hade för Adam. Hon höll på att bli förälskad i den vackre brandmannen som på ett så konstigt sätt anlänt till hennes värld. Allt höll på att krångla till sig på ett sätt hon inte hade väntat sig. Hon hade inte utrymme för att tänka på sig själv som läget var nu. Så mycket viktigare saker stod på spel än hennes egna känslor. Det som eventuellt var på gång mellan henne och Adam fick helt enkelt stå tillbaks för den stundande kampen. Hon var drottning och plikten mot hennes folk var det som alltid gick först. Så var hon uppfostrad och det var inget som man ändrade på. Trött vände hon sig på sidan och försökte somna. Det han bli gryning innan hon äntligen gled in i något som kunde liknas vid en orolig slummer.

Kapitel 23 - Hård träning

Nästföljande dag väcktes Adam av Gaius. Han kände sig fortfarande lugn och avslappnad i kroppen efter det som hänt under gårdagen." Dags att käka frukost sedan börjar träningen", sa Gaius till Adam. Efter trettio minuter så stod de nere i arenans ena hörn. Adam tänkte att det var bra att han kom igång med träningen så han slapp tänka på vad som hade hänt under gårdagen med Pyria. Han ångrade till viss del det som hade hänt men kunde inte låta bli att också känna sig tillfreds.

Skuldkänslorna mot att han varit otrogen mot Maria överväldigade honom. Samtidigt så var det här en så fullständigt onormal situation han befann sig i. Det var som om han var en annan person och det som hände här inte var på riktigt. Hemma hade det här aldrig hänt, men nu var det som det var. Han sköt bort sina bekymrade tankar och tvingade sig att koncentrera på vad han och Gaius skulle göra.

"Här ska du möta honom", sa Gaius och svepte med blicken över läktarna. Arenan var enorm och över etthundratusen människor fick plats där inne. Adam kände en nervös klump i magen.

"Låt oss börja träningen. Visa mig vad du kan och om du är så bra som du säger", sa han till Gaius med ett snett leende.

I över en timme med bara överkroppar tränade de attack och försvar. Svetten rann på de båda, men Gaius fortsatte hela tiden med nya instruktioner. Adam hade tidigt bestämt sig för svärd och sköld som vapen. Han hade ingen aning om vad Raiven tänkte använda men Gaius sade att han hade en förkärlek för spikklubban. Speciellt när han kände sig överlägsen så valde han gärna det vapnet. Man kunde inte vara säker hade Gaius sagt. Raiven behärskade alla slags vapen och olika taktiker. Vilken tröst för mig, tänkte Adam.

"Taktiken är att nöta ut honom och verka sämre än du egentligen är. När han tror han har dig så sätter du in motattacken. Tajmingen är A och O. Du kommer bara få en chans att ta honom med överraskning. Misslyckas du så är du död", förklarade Gaius med allvarlig min.

De tränade i ytterligare två timmar innan de bröt."Hur har du tänkt dig min motattack" frågade Adam nyfiket."Kommer du ihåg när jag svepte en av morbiderna och högg av honom benen innan jag tog bestens huvud. Exakt så ska du göra med Raiven. Imorgon börjar vi träna på de momenten. Nu får det vara nog för idag", sa Gaius.

Resten av veckan ägnade de åt träning från gryning till skymning. Adam stupade i säng varje kväll och drottning Pyria hade av någon anledning hållit sig undan vilket kanske var lika bra. Han hade svårt att koncentrera sig när hon var i närheten. Sakta men säkert blev han bättre och bättre på att hantera svärdet och skölden. Gaius drev hela tiden obarmhärtigt på honom. De ställde upp dockor och Adam tränade på att kasta sig ned på marken, rulla runt samtidigt som han svepte svärdet i en vid cirkel och högg av benen på dockorna. När de föll var han snabbt framme och högg ett dödligt hugg mot huvudet på dockan. Ibland tränade de med träsvärd och Gaius agerade docka. På så sätt blev träningen verkligare. Tiden började rinna ut. I slutet av veckan så tog Gaius Adam åt sidan.

"Imorgon kommer kejsarens styrkor att samlas utanför murarna. Han kommer med ett följe på femtiotusen män. Enligt traditionen så kommer de lämna sina vapen och ta plats på den norra och östra läktaren. Vårt folk kommer sitta på södra och västra läktaren. I övermorgon kommer kampen att äga rum. Då måste du vara redo att kämpa till det yttersta. Du får helt enkelt inte förlora. Du måste ta fram all din inre styrka och allt hat du kan uppringa. Men du måste kontrollera dina känslor och hela tiden vara skärpt.", sa Gaius med allvarlig min.

"Ett enda misstag så förlorar du. Du har tränat bra och håller du dig till planen så vinner du", sa Gaius och kramade om Adams ena axel hårt. Adam svalde ned saliven som samlats i munnen. Om han var redo eller inte spelade inte längre någon roll. Imorgon måste han slåss för sitt liv oavsett hur förberedd han var.

"Tack Gaius", sa Adam.

"Du är en verklig vän och har lärt mig mycket. Jag ska inte göra dig besviken imorgon".

"Jag vet", svarade Gaius och log.

"Du har ett lejons hjärta och det räcker långt min vän. Kom nu så går vi och duschar av oss dammet".

De båda vännerna gick sakta ut från arenan. De var båda helt slut och utmattade med blåsor i händerna. De hade under en tid tränat så hårt att det inte funnits någon tid över för reflektion. Nu däremot fanns det inget som kunde skingra deras tankar. I morgon. Då är det allvar, tänkte båda två när de stegade ut från arenan med dammet rykandes runt de båda männens fötter.

Kapitel 24 - Upptäckten

Ruby släppte ut den guldfärgade Jocko ifrån bagageluckan. Hunden som var en blandras mellan schäfer och golden retriever satte full fart ut ibland buskarna. Ruby hade stannat till utmed vägen eftersom Jocko hade pipit i snart en halvtimme. Till sist hade han stannat med en suck och släppt ut hunden. Hellre det än att han kissade i bilen. Visst skulle han bli lite sen hem, men det kunde inte hjälpas. Efter tio minuter hörde han ett par kraftiga skall ifrån hunden." Kom hit!" ropade han högt men ingen Jocko dök upp. Han väntade ytterligare några minuter innan han sakta gick in ibland buskarna. Vegetationen var tät och det gick långsamt. Han rev sig på en taggbuske och började bli riktigt irriterad på sin hund. Plötsligt fick han se Jocko som stod och morrade över något inne bland buskarna. När han gick fram och tog tag i hundens koppel kom han av sig helt. I gropen som Jocko grävt stack det upp en människohand. Ena fingret var lite krökt och pekade mot honom. Han tyckte det såg ut som en kvinnohand. Han lyckades koppla hunden. På darrande ben tog han sig tillbaks till bilen och släppte in hunden i hundburen. Han skakade så intensivt på handen att han först inte lyckades slå rätt nummer till polisen. På tredje försöket kom han fram. Operatören verkade först inte tro på honom när han förklarade vad han hittat, men lovade skicka en bil så fort som möjligt. Efter en halvtimme anlände två patrullbilar till platsen. I den ena bilen satt sheriff Mac Allen. Ruby visade poliserna platsen där liket låg begravt. Mac Allen anade vem det var de hade hittat. Efter att ha spärrat av platsen, förhört Ruby ingående och skickat iväg honom, så tillkallade sheriffen sina tekniker för spårsökning. Frank kom efter en timme, lika tvär som vanligt. När de hade grävt fram kroppen kunde de konstatera att det var Helen som låg där i gropen. Vilket svin kan göra så här mot en annan människa och dessutom en oskyldig kvinna och mamma, tänkte Mac Allen.

"Gör allt du kan för att hitta något spår Frank så vi kan sätta dit den jäveln".

"Jag är inte säker men titta under den här nageln. Hon gjorde nog kraftigt motstånd. Har vi tur så har vi hudavskrap från gärningsmannen och det betyder DNA", svarade Frank.

Teknikerna jobbade ytterligare ett par timmar med att söka spår men de hittade inte mycket annat matnyttigt. När de var klara transporterade de bort kroppen till bårhuset.

"Jag åker till hennes man nu", sa Mac Allen. Han såg det alltid som sin plikt att lämna dödsbud, även om han hatade det mer än något annat. Han om någon visste hur hårt anhöriga tog ett sådant besked, speciellt när någon hade blivit mördad. När han åkte därifrån svor han för sig själv att han skulle hitta den skyldige. Instinktivt kände han att det var bråttom. Vem mördaren än var så skulle han slå till igen. Det var han säker på. Två timmar senare var han tillbaks på sitt kontor. Han brukade inte dricka på jobbet men efter att ha lämnat ett dödsbud bröt han alltid mot den regeln. Han slog upp en stadig whisky och svepte den i ett drag. Helens man hade blivit helt förstörd och brutit ihop fullständigt. Som tur var hade han tagit med den lokale prästen som stannade kvar efter att han gått.

Fy fan! tänkte Mac Allen. Man vänjer sig aldrig vid sådant där. Med ett ljudligt surrande ringde telefonen. Det var Frank som lät upphetsad på rösten."Bingo!" skrek Frank triumferande i luren." Hudavskrap under naglarna som jag trodde. Nu behöver vi bara hitta gärningsmannen så har vi bevis för en fällande dom".

"Bra jobbat. Precis vad jag behövde höra efter en sådan här skitdag", svarade Mac Allen och rapade högt och ljudligt.

Efter att Frank lagt på luren funderade Mac Allen på nästa drag. Imorgon skulle han sätta sig ned och göra en lista på eventuella misstänkta gärningsmän. Sedan var det bara att jobba på efter den. Det fanns gått om våldsamma män och psykopater i distriktet som han kunde sätta upp på listan. Det var verkligen en sjuk och vansinnig värld de levde i. Med så många dårar ute kunde man undra hur samhället fortsatte att fungera och inte rasade samman totalt. Under sina dryga trettio år som polis hade han sett och varit med om det mesta. Det fanns ingenting som förvånade honom längre. Själv hade han för länge sedan tappat hoppet om mänskligheten. Han visste allt för väl vad människan var kapabel till i sina sämsta stunder. Han visste att jobbet hade färgat honom och gjort han till en cynisk människa, men han kunde inte rå för det. Han skulle ha blivit präst istället som hans saliga mamma hade velat. Då hade han sluppit all skit och elände som han varit tvungen att handskas med i jobbet. Nu var det för länge sedan försent att byta kurs och inriktning. Trots allt älskade han sitt jobb och var stolt över det han åstadkommit. Han kunde fortfarande se sig i spegeln på morgonen utan att skämmas. Han log bistert mot sin egen spegelbild som avspeglades i fönstret bredvid honom. Tungt reste han sig från sin stol, släckte lyset och gick hem till sin fru.

Kapitel 25 - Dagen innan strid

När Adam hade duschat på morgonen knackade det på hans dörr. Med en handduk runt midjan och vattnet droppande på golvet öppnade han dörren. Drottning Pyria stod utanför och såg på honom. "Får jag komma in?" frågade hon.

"Självklart!" svarade Adam och öppnade dörren på vid gavel." Ursäkta min klädsel men jag kom precis ut ifrån duschen".

"Jag måste prata med dig om det som hände under festkvällen". Pyria kände att hon inte riktigt visste vad hon skulle säga till Adam. "Det var inte min mening att det skulle hända. Jag vet att du har en annan kvinna som du älskar väldigt mycket".

"Det var lika mycket mitt fel men nu är det som det är och jag ångrar det inte. Det känns som om den här världen är separerad från mitt vanliga liv. Allt är så konstigt så ibland undrar jag om jag drömmer eller är vaken", svarade Adam.

"Jag tycker väldigt mycket om dig Adam. Hade allt varit annorlunda så kanske ett liv tillsammans hade fungerat men nu är det omöjligt. Du kommer inte stanna kvar här.

Det vet både du och jag och inget jag kan ändra
på hur gärna jag än vill".

Adam gick fram till Pyria och såg henne i ögonen.

"Jag tycker väldigt mycket om dig också. Du är
den vackraste kvinna jag träffat vid sidan av min
fru. Hur det än går imorgon så kommer jag aldrig
att glömma dig".

De kramades under tystnad och bytte sedan
samtalsämne. Båda kände sig mer tillfreds och
bekväma i varandras sällskap nu när båda var
överens om hur det låg till mellan dem.

Under den gemensamma frukosten som bestod
av olika frukter, nygräddat bröd och honung
pratade de om varandras liv. Pyria berättade om
hur hon vid tidig ålder uppfostrats till att bli
drottning. Nu var båda hennes föräldrar borta
och hon hade regerat över den Vita staden i över
tio år. Adam berättade i sin tur om livet hemma
och vad han sysslade med. De insåg båda att de
kom ifrån helt olika världar och liv. Efter ett tag
bytte de samtalsämne och diskuterade istället
morgondagen. Båda visste hur viktig den dagen
var. Efter vad som hände då kunde allt se
annorlunda ut om de fortfarande var i livet.

"Du måste bara vinna annars går hela mitt folk
under", sa Pyria med oro i rösten.

"Jag ska göra allt jag kan. Antingen dör jag imorgon eller också så är ni fria.
Hur som helst kommer vi veta det imorgon. Hoppas gudarna och fru Fortuna är på vår sida", sa Adam.

Efter att ha pratat i ytterligare en halvtimme om allt möjligt utom den stundande striden ursäktade drottningen sig. Hon hade mycket att göra tillsammans med sina rådgivare och Adam skulle gå till träningen med Gaius.

De gav varandra en sista, lång intensiv kram innan de skildes åt. Hoppas att det inte är min sista soluppgång jag får uppleva, tänkte Adam. Han stod kvar och betraktade Pyrias graciösa varelse när hon försvann iväg bort i den långa korridoren med de höga vita pelarna som omslöt henne i facklornas sken. Det var något ödesmättat och slutgiltigt med sättet hon försvann på. Kanske var det sista gången han suttit ensam och pratat förtroligt med Pyria. Den tanken gjorde honom både deprimerad och ledsen på en gång.

Kapitel 26 - Muskler

Överläkare Brian hade ringt till Maria tidigt på morgonen. Kan du komma hit nu på förmiddagen hade han sagt. Det är något jag vill diskutera med dig. "Har det hänt någpt?" hade hon frågat. Brian hade svarat att hon inte behövde oroa sig, men hon kunde meddela när hon var framme på sjukhuset.

När hon kom fram hade hon genast sökt upp och pratat med en sjuksköterska som kallat på Brian. Han kom med ett leende och hälsade glatt.

"Du behöver inte oroa dig men det är något jag vill visa dig", sa han. Brian tog Maria i armen och ledde in henne i rummet där Adam låg.
"Titta!" sa läkaren medans han försiktigt drog ned täcket som täckte Adams kropp.

"Ser du något konstigt?" frågade han Maria.

Adam såg precis ut som vanligt. Lika vältränad och senig som alltid. "Nej inget", hade hon svarat.

" Det är just det. Titta på hans muskler. Normalt när man legat medvetslös i flera veckor så minskar muskelmassan ganska snabbt men med Adam är det tvärtom. Hans muskelmassa har ökat med över tio procent".

"Jag förstår ingenting. Hur kan det bli så och vad beror det på?"

"Jag vet inte. Om jag inte hade vetat bättre så kunde man tro att Adam varit på träningsläger de senaste veckorna och inte legat still här i sängen. Jag har aldrig under mina år som läkare varit med om något liknande. Det är oförklarligt", sa Brian vänd mot Maria.

" Är det farligt eller är det bra för Adam?"

 Brian skrattade högt och förklarade att för Adams medicinska tillstånd var det bara bra.

"Han är i bättre form fysisk än han någonsin har varit. Jag ville bara tala om det här för dig. Jag har kallat på en annan expert eftersom jag skulle vilja ha en second opinion om Adams tillstånd".

När Brian hade gått satt Maria kvar vid sängen med Adam. Mycket konstigt hade hänt på senaste tiden. Adams bett i ena benet och hans nya muskler. Mardrömmarna hon ständigt hade. Sjuksköterskan som var borta och hotet mot Adam. Allt var så underligt. Hon kände på sig att något avgörande var på gång men hon kunde inte sätta fingret på vad det var som skulle hända. Hon tittade på Adam. Vakna igen snälla du. Jag behöver dig älskling, tänkte hon. En bekymrad rynka hade dykt upp mellan ögonbrynen på Adam. Plötsligt kände hon hur Adam kramade till om hennes hand.

Förbluffad såg hon ned på deras händer. Hade hon inbillat sig eller hade Adam verkligen kramat hennes hand? Skulle hon kalla tillbaks Brian och fråga? Adams hand var nu lika slapp och livlös som alltid. Inte minsta livstecken någonstans.

 Nej! Hur det än var så ville hon tro att Adam hade hört hennes tankar. Ingen läkare skulle få bortförklara den saken. Maria tog av sig skorna och lade sig försiktigt ned i sängen bredvid Adam. Hon kände hur fruktansvärt trött hon var. Magen var stor och den lille levde hela tiden om inne i hennes mage. Hon varken sov eller åt ordentligt längre och hennes krafter var på väg att ta slut. Hade det inte varit för barnet i hennes mage så hade hon gett upp för länge sedan. Allt kändes så hopplöst. Hon sniffade i luften och andades in lukten av Adam. Gud vad hon längtade att allt skulle bli som förr innan olyckan. Med sitt huvud vilandes mot Adams bröst somnade hon utan att märka det. För första gången på väldigt länge sov hon utan att drömma några som helst mardrömmar. Även den lille i hennes mage verkade känna av hennes lugn och sov gott.

Kapitel 27 - Misstaget

Sheriffen satt inne på sitt kontor. Han tänkte så det knakade. Det fanns ingen huvudmisstänkt för attentatet mot Adam och mordet på Helen, men han var övertygad om att de båda händelserna hängde ihop. En svag misstanke hade börjat gry inom honom. Av alla de som han förhört var det speciellt en som gav honom onda aningar. Varför visste han inte. Kanske berodde det på hans långa erfarenhet som polis som nästan hade gett honom ett sjätte sinne när det gällde att känna på sig när något var fel. Han tittade på pappret som låg på skrivbordet. Med stora bokstäver hade han skrivit "MARTIN" och ringat in namnet utan att vara medveten om det. Varför hade han gjort så? Martin var ju Adams bästa vän. Av erfarenhet i de flesta mord och misshandelsfallen så var det någon anhörig eller någon i bekantskapskretsen som var skyldig. Martin hade verkat nervös och konstig när han sist besökt honom. Det fanns ingen anledning för Martin att vara nervös. Nedstämd och ledsen javisst, men inte nervös. Skadar inte att kontrollera en sak på en gång. Med bestämda steg tog han på sig hatten och gick till sin bil. Efter femton minuter var han utanför Martins adress. Han ringde på men ingen öppnade. På baksidan av huset kunde han skymta Martins bil. Utan att någon såg honom gick han till baksidan, lade sig ned på alla fyra och studerade däcken på bilen. Alla såg helt nya ut. Han kröp in under bilen och tände sin ficklampa. På det vänstra bakdäckets insida såg han att någon hade ritat något med en krita. Teckningen föreställde en liten hackspett. Han kröp ut igen, satte sig i sin bil och åkte tillbaks till kontoret. Han ringde till en god vän som arbetade på en däckfirma.

”Tjenare Biffen!”, sa han när mannen i andra änden av luren svarade. Det var en gammal barndomskamrat till sheriffen som nu ägde en av stans största däckfirmor.“ Biffen“ hette egentligen Josh Bannister och var stor som ett hus, därav sitt speciella smeknamn. Han var dessutom mycket pratglad. Efter att ha pratat gamla minnen i några minuter kom sheriffen till sitt verkliga ärende. ”Vet du någon som har en hackspett som märke när han byter däck?” Biffen hade svarat att många killar gillade att sätta sin signatur på däcken när de skiftade dem. Det var en grej som var allmänt känd bland branschfolket. Biffen lovade att kontrollera upp det hela och återkomma. Redan efter lunch ringde han tillbaks till sheriffen. Det fanns en kille som tidigare hade arbetat för honom men som nu bodde i en stad tjugo mil bort berättade han. Killen hette Andy och var barnsligt förtjust i

Hacke hackspett. Det förklarade hans signatur. Efter att ha noterat Andys namn var det en enkel match att spåra honom till den däcksfirma där han nu arbetade. Mac Allen hade ringt, pratat med Andy och sagt att han hade några frågor till honom. Andy gick med på att träffa sheriffen senare på eftermiddagen. Efter två timmars körning hade han kommit fram till grannstaden som var en typisk arbetarstad. Byggnaderna var gamla och skitiga. De flesta kvarteren som låg i utkanterna var befolkade med arbetslösa, knarkare och ensamstående som inte hade råd med något annat. Mac Allen kände sig alltid deprimerad när han såg fattigdomen och hopplösheten som präglade sådana här områden. De som styrde i kommunen hade för länge sedan lämnat stadsdelen och de som bodde där åt sitt öde. Han körde genom ganska öde kvarter innan han anlände till Andys arbetsplats som låg i ett utslitet garage som helst såg ut att vilja rasa ihop vilken sekund som helst. Mac Allen parkerade bilen precis utanför så han kunde ha den under uppsikt och gick in i den dunkla lokalen. Under en bil höll en man på att byta däck. Det visade sig vara precis den personen som Mac Allen letade efter. Andy var en lättsam kille som utan omsvep erkände att han alltid satte en liten hackspett som signatur. Mac Allen frågade om han nyligen bytt fyra däck åt någon kille som han inte kände. Han beskrev sedan hur Martin såg ut.

"Jovisst. Han var här för några dagar sedan. Betalade kontant. En trevlig kille", hade Andy sagt. Mac Allen frågade om de sparade däcken efter bytet." Inte normalt", svarade Andy. Just de här däcken hade han dock sparat och lagt undan eftersom de inte var så dåliga. Mac Allen kände en kall kåre utmed ryggraden. "Vart har du däcken nu?" hade han frågat. Andy följde med in på lagret. Högst upp på en hylla låg det fyra däck. "Dom där är det", hade han sagt till sheriffen. "Det är jag helt säker på". Efter att ha gett Andy betalt för däcken hade han lastat in dem bak i bagageluckan. Med ett nöjt flin hade han sedan satt sig för att åka tillbaks hem. Nu du, tänkte sheriffen. Kan vi matcha de här däcken med spåren i gräsmattan efter Helens försvinnande så låg en viss herre illa till. Han kunde inte låta bli att vissla. Det var inte varje dag så här traditionellt polisarbete gav så gott resultat. När han kom fram till stationen lämnade han av däcken på tekniska. Han förklarade att han ville ha en jämförelse av avtrycken från sjukhuset och fyndplatsen där Helen hade hittats. Han sade inte vem han misstänkte. Inte än. Först ville han ha ett positivt besked sedan kunde de andra få veta. Nöjd med sig själv låste han in sitt vapen i vapenskåpet och sent på eftermiddagen kunde han äntligen åka hem för lite god mat.

Kapitel 28 - Sista natten

Gaius och Adam tog en promenad runt ringmuren. Ryktet sade att kejsarens styrkor hade slagit läger cirka fem kilometer från staden. Nu fanns det ingen återvändo. Imorgon var den stora dagen då alla skulle samlas vid arenan för kampen. Adam kunde känna att överallt låg det en spänd förväntan i luften. Folk som de mötte tittade på honom både med respekt, men också vördnad. Alla hälsade honom med en lätt bugning. Han var mycket medveten om att nu hängde allt på honom. Förlorade han imorgon så skulle kejsarens styrkor marschera in och ta över staden. Vad som då väntade ville han inte tänka på. Gaius avbröt hans funderingar med en fråga. "Du är ovanligt tyst ikväll min vän. Är du rädd för vad som händer imorgon?"

"Inte rädd men jag känner att precis allt hänger på mig och det känns fruktansvärt tungt. Tänk om jag förlorar?" Adam såg ned i marken.

"Inte då. Gör bara precis det vi har tränat på så kommer du att gå segrande ur striden".

"Jag önskar jag hade ditt självförtroende", sa Adam och såg upp och in i Gaius ögon.

"Du har väl aldrig förlorat så det är lätt för dig att tänka så. Vad har du ut av det här egentligen? Berätta nu varför du stod och väntade under trädet den där första dagen. Nu spelar det ingen roll om du berättar eftersom imorgon är allt över".

"Tyvärr!" svarade Gaius.

" Mitt uppdrag och varför jag gör det kan jag inte avslöja, även om jag skulle vilja. Det är inte upp till mig förstår du".

"Nej jag förstår ingenting. Allt som hänt mig sista tiden är så märkligt att det inte finns någon naturlig förklaring. Ibland tror jag att det är min hjärna som har slutat fungera och allt som händer mig här bara är några nervryckningar inne i mitt huvud".

Gaius skrattade till. "Jag förstår att du tycker det. Men det är högst verkligt. Allt som händer går inte att förklara med förnuftet. Du är här och du har ett mycket viktigt uppdrag att avsluta".

"Ditt uppdrag då. När slutar det?"frågade Adam för att en sista gång försöka få Gaius att berätta sin hemlighet. Han visste att Gaius inte gillade när han pressade på men han var tvungen att fråga även om Gaius hela tiden undvek ämnet.

"Om du vinner så hoppas jag att det också är över för min del. Jag har gjort en sak som är så fruktansvärd att du kan inte föreställa dig det. Jag har försökt sona det i hela mitt liv men det går inte att göra ogjort hur mycket jag än skulle önska att det gick. Fråga mig inte mer är du snäll. Den här sista kvällen ihop så vill jag tänka på något roligare. Kom så går vi till värdshuset, dricker vin, äter god mat och letar upp några snygga kvinnor", sa Gaius med ett snett flin.

Adam log mot sin vän." Mat och vin har jag inget emot men kvinnorna får du själv ta hand om. Du vet, ingen sex innan strid säger det gamla ordspråket".

"Tackar inte mig emot. Jag har aldrig tackat nej till en snygg kvinna vare sig före eller efter en strid och ändå alltid segrat".

Tillsammans gick de in genom porten som ledde in i staden. Kvällen var stjärnklar och de båda månarna lyste på marken framför dem när de sakta gick mot värdshuset. Det blir som det blir imorgon, tänkte Adam.Vad som än händer så lovade han sig själv att göra allt för att segra och inte bli feg. Raiven var stor och stark och en skicklig krigare, men han litade på att Gaius visste vad han gjorde. Märklig man denne Gaius. Hemlighetsfull och tystlåten ibland för att i nästa stund skämta om allt. Vad har han gjort som var så hemskt. Dödat kvinnor och barn kanske?

Det kändes fel att tänka så om sin vän men han kunde inte låta bli. Hur som helst så tänkte Gaius inte berätta sin hemlighet för honom hur mycket han än pressade på. Adam beslöt sig för att släppa det hela. Gaius fick berätta själv när tiden var inne och ville han inte det så var det inte mycket han kunde göra åt det. Även om han var enormt nyfiken och ofta funderade på vad Gaius dolde. När de klev in i värdshuset reste sig alla upp och hälsade de båda männen med ett gemensamt stridsrop, samtidigt som de slog med glasen i bordet. Gaius och Adam satte sig längst in vid ett bord och efter någon minut upphörde larmet och alla satte sig igen. Ägaren kom fram och de beställde in varsin karaff med vin och helstekt kyckling med mandelpotatis. De åt och Gaius skämtade som vanligt och för en stund glömde båda två bort vad som väntade under morgondagen. Vid halv elva tiden bröt de upp och gick tillbaks till sina rum. Gaius stannade till vid Adams rum.

”Sov nu och vila ut”, sa Gaius samtidigt som han lossade en medaljong han haft runt sin hals.

”Här!” sa han och gav Adam medaljongen.

"Den där har alltid följt mig och skyddat mig. Ha den på dig imorgon så är du oslagbar".

Smycket föreställde en krigare ståendes i stridsposition med svärdet bakom nacken.

"Tack min vän. Självklart kommer jag att bära den. Jag hoppas bara att du har rätt i att den gör mig oslagbar", svarade Adam

De kramade om varandra länge innan de skildes åt och gick in i sina respektive rum.

Adam låg länge och tittade upp i taket. Han inbillade sig att Maria låg bredvid honom och sov på hans bröst. Det kändes så verkligt att han efter en stund kunde lugna ned sig. Efter ett litet tag utan att vara medveten om det somnade han. Det sista han såg för sin inre blick innan han slocknade var Maria liggandes bredvid honom i sängen.

Drömmarna flöt samman i ett mönster som var svåra att tyda. Det kändes som om han var tyngdlös och svävade runt i en bottenlös dimma som då och då skingrade sig.

Adam såg för sitt inre en sjukhussäng där han befann sig högt uppe i taket och såg hela rummet uppifrån. I sängen låg en mycket blek man med flera slangar kopplade till sig. Adam kisade ned mot mannen utan att kunna se riktigt klart. Han tyckte att den bleke mannen påminde honom om någon. Faktiskt liknade det honom själv. Plötsligt sögs han in i lampan i taket och allt han sett försvann när ljuset släcktes och det blev svart.

Kapitel 29 - Avslöjad

Martin hade precis kommit hem från arbetet när hans telefon ringde. Det var försäljaren." Kom nu genast till puben", sa han till Martin. "Det är bråttom". Nervöst hade Martin satt sig i bilen och efter tio minuter satt han bredvid försäljaren vid ett bord. "Vad vill du?" frågade han försäljaren." Det är bättre om vi inte syns tillsammans tycker jag", sa han samtidigt som han bet ihop käkarna hårt. Han hatade numera försäljaren men rädslan för honom var starkare än hatet. Försäljaren bara såg på honom en stund innan han började tala.

"Du måste döda sheriffen. Han vet att det var du som försökte döda Adam. Dessutom misstänker han dig för mordet på sjuksköterskan. Än så länge är han inte riktigt säker men det är bara en tidsfråga innan han vet. Det som är bra är att han inte hunnit berätta något för sina kollegor. Du har fortfarande chansen att stoppa honom men det måste ske redan ikväll. Imorgon är det försent".

"Hur vet du det här?" stammade Martin. Chockad över vad försäljaren just berättat. "Hur kan sheriffen veta att det är jag?"

"Du har lämnat spår och varit oförsiktig. Du förtjänar att dö för din klantighet men nu är det som det är. Sheriffen har spårat dina gamla däck. Dessutom hade Helen DNA från dig under sina naglar. Plockas du in nu så kommer dem att göra en DNA test, sedan är du fast". Försäljaren skickade ett paket under bordet inslaget i en handduk. Försiktigt tog Martin emot föremålet samtidigt som han tittade sig omkring i puben. Ingen verkade lägga märke till vad de smusslade med under bordet. Sakta vecklade han ut handduken. Därunder, blänkade och svart såg han det kalla stålet på en pistolpipa.

"Den är laddad och klar att användas", sa försäljaren. "Du måste göra det ikväll. Imorgon är det försent". Han tittade med sina gulsvarta ögon in i Martins." Misslyckas du med det här så kommer jag efter dig och då kommer du ångra att du någonsin blivit född". Försäljaren reste sig upp, vände ryggen till Martin och gled ut ifrån puben. Martin satt kvar och hela hans kropp var i uppror. Hans händer började skaka så kraftigt att han nästan tappade vapnet på golvet. Snabbt svepte han spriten han beställt. Med en handviftning beställde han in en ny omgång whisky. Efter att han druckit upp den kände han sig lite lugnare. Han visste vart sheriffen bodde. Huset låg i ett lugnt villaområde i utkanten av staden. Så här dags borde sheriffen vara hemma.

Martin tog några djupa andetag, reste sig upp och smet ut från stället utan att träffa någon som kände igen honom. Det var en av fördelarna med att träffas på den här puben. Det var ingen av hans bekanta som någonsin gick dit. Martins bil stod parkerad på en sidogata. Han hoppade in, startade och körde iväg. Noga med att hålla rätt hastighet. Efter en kvart började han närma sig sheriffens bostadsområde. Eftersom Mac Allen var en välkänd person i staden visste de flesta vart han bodde, så även Martin. Han parkerade två kvarter från huset. Det var mörkt ute och han kunde osedd ta sig fram till baksidan av huset. Martin spejade runt. Nu gällde det. Blev han upptäckt nu så var det över. Svårt att förklara vad han gjorde med en laddad pistol på baksidan av sheriffens hus. Nervöst fnittrade Martin till över det overkliga i situationen. Hur kunde han hamna här, tänkte han. En helt vanlig brandman. Var det verkligen värt det här? Det var försent att ångra sig och vända om. Han var redan en mördare, så vad spelade ett mord till mer eller mindre för roll. Med ett fast grepp om vapnet smög han fram mot huset och ett upplyst fönster som vette mot baksidan. Därinne såg han Mac Allen sitta med ryggen mot honom vid ett matbord i full färd med att äta en måltid. Mac Allens hustru Margret satt mitt emot sheriffen, också hon upptagen av maten på bordet. Försiktigt tog han fram sitt vapen och siktade mot sheriffens breda ryggtavla. Samtidigt hade nackhåren rest sig på Mac Allen. Utan att veta det säkert kände han att någon fanns ute på tomten bakom hans rygg. En fara som var så omedelbar att han inte kunde vänta. Han tittade in i sin hustrus ögon utan att blinka. Så lugnt han kunde sade han." Snälla Margret kan du inte hämta den där goda gelen som du gjorde förra veckan. Det passar så bra till steken". Hans hustru log mot honom och skrattade till.

"Tänk vilken slöfock du blivit på gamla dagar", sa hon samtidigt som hon reste på sig och gick mot köket."Du diskar idag bara så du vet", tillade hon med spelad stränghet. Mac Allen skickade en tacksam tanke till den gud han trodde på för att hans hustru nu var utom fara. Snabbt reste han på sig och gick mot en byrå på andra sidan av rummet. Där hade han sin reserv revolver, en Smith och Wesson kaliber 38:a liggandes gömd under några virkade dukar. Bara jag hinner dit, tänkte han desperat. Mac Allen förstod instinktivt vem det var som befann sig därute i mörkret och att han själv svävade i livsfara var uppenbart. Under tiden så var Martin mer stressad än någonsin. Precis när han skulle trycka av hade sheriffens fru rest sig upp och gått ut ifrån rummet vilket hade fått honom att inte trycka av. Direkt efteråt hade Mac Allen gjort samma sak och gick nu mot en byrå på andra sidan bordet. Snabbt bytte Martin position så han kunde se rummet bättre. Samtidigt som sheriffen var framme vid byrån hade Martin fritt skottfält. Plötsligt vräkte sheriffen sig runt med en revolver i handen. Martin sköt reflexmässigt två gånger, sedan vände han sig om och sprang som en galning utan att ha en aning om han träffat eller inte. Mac Allen kände hur den första kulan slog in i bröstkorgen på honom. Det var som ett knytnävsslag träffat honom och med full kraft kastades hans kropp bakåt. Han kramade avtryckaren men det var försent. Skottet gick rakt upp i taket. Den andra kulan som slog in i hans kropp strax ovanför den första kände han aldrig. Benen vek sig och plötsligt låg han på golvet stirrandes i taket. Det kändes som en evighet innan hans fru kom inspringandes och kastade sig ned bredvid honom. Margret hade hört de kraftiga smällarna och genast sprungit tillbaks in i vardagsrummet. När hon såg sin make ligga på golvet förstod hon att han blivit skjuten. På andra sidan rummet såg hon två hål i fönstret. Hon jämrade sig högt, fick fatt i telefonen och ringde SOS alarm samtidigt som hon lyfte upp sin makes huvud i sitt knä. Mac Allen hade öppnat sina ögon och försökte säga något. Små bubblor fyllda med blod trängde ut genom hans läppar. Margret böjde sig närmare samtidigt som tårarna rann ned för hennes gamla kinder.

Mac Allen kämpade med all sin kraft för att tala om vem det var som skjutit honom. "Mar, Mar", lyckas han få fram. De sista bokstäverna i Martins namn var så sluddriga att de inte gick att höra. "Ja, jag är här älskling", svarade Margret förtvivlat eftersom hon trodda maken försökte säga hennes namn. Långt bort hördes sirener från flera håll. Fan också! tänkte Mac Allen. Måtte djävulen ta dig ditt svin. Nu skulle ingen få reda på vad han visste. Livskraften rann snabbt ur honom. Han slöt ögonen och kände värmen sprida sig genom hela kroppen. Är det så här det känns så är det inte så farligt att dö.

Det sista han hörde var Margrets högljudda snyftningar. Med en sista ansträngning kramade han till om sin hustrus hand som ett tack för alla år de haft tillsammans. Hon hade verkligen varit fantastisk, hans fru. Han mindes när de träffats första gången. Hur vacker hon hade varit och hur kära de var. Bröllopet, barnen, alla semestrar de gjort tillsammans. Allt spelades upp i hans huvud på någon millisekund innan värmen och ljuset fångade upp och förde bort honom, längre och längre bort från Margret. Sheriffen sögs sakta in i ljuset. Det kändes som om han lindades in i varm sockervadd och det sista han såg bakom sin fru var sin gamla mamma som log mot honom och sträckte ut sin hand. Så helt plötsligt gick de båda tillsammans och hela hans kropp var fylld av en förunderlig frid.

M artin hade lyckats ta sig hem osedd. Han var inte säker på om han träffat sheriffen eftersom han skjutit i panik och sedan rusat därifrån. Han scannade in polisradion och lyssnade spänt. Larmet hade gått ut och alla resurser hade satts in för att leta efter gärningsmannen. Inget sades om hur allvarligt skadad Mac Allen var. Han ringde till Maria och spelade chockad.

"Har du hört vad som hänt sheriffen?"

Maria som precis pratat med brandmästare Brogan och genom honom fått reda på vad som hänt, hade svarat jakande. Martin låtsades vara förfärad och frågade om någon visste hur det var med sheriffen. Det Brogan kort hade berättat för Maria var att sheriffen blivit förd till sjukhuset med ambulans. Brogan hade sagt att Mac Allen blivit skjuten och att det var allvarligt.

"Vet de vad det är för galning som gjort det?" frågade Martin.

"Ingen aning, men jag hoppas att de får tag i den eller de som skjutit. Vem kan göra något så förfärligt?"

"Det finns så många dårar", hade Martin svarat henne." Säkert någon kriminell som hatar poliser i allmänhet och en sheriff i synnerhet".

"Jag hoppas verkligen att han klarar sig", sa Maria. "Mac Allen har alltid varit en bra människa och en duktig polis". Efter några minuters prat om sheriffen och skjutningen gled samtalet över på hur det var med Adam. Som vanligt spelade Martin med och låtsades vara den bekymrade bästa vännen som alltid månade om Adam. De bestämde att träffas någon av de närmaste dagarna och lade sedan på luren. Martin insåg att nu måste han verkligen få bort Adam för gott. Det var svårare nu med en beväpnad vakt på sjukhuset, men han hade en plan och det var bråttom. Han kände på sig att tiden höll på att rinna ut och han måste agera så fort som det bara gick. Sheriffen bara måste vara död, intalade han sig själv. Visst hade han träffat? Det var han så gott som säker på.

Sheriffen hade fallit bakåt efter första skottet och förhoppningsvis hade även nästa skott träffat rätt. Nu var han helt slut, men imorgon skulle han genomföra sin plan oavsett vad. Nu för tiden hade han alltid en känsla av en gnagande oro i magtrakten. De få bekanta som han stötte på frågade om han var sjuk eller om det hänt något eftersom han inte såg frisk ut längre. På bara någon vecka hade han tappat minst tre till fyra kilon och han var alltid likblek. Han förklarade det hela med sin spelade oro för Adam och att han varit magsjuk. Sanningen var att han var livrädd. Både för mannen i hatten och sina egna handlingar och för vem han hade blivit. Oron dövade han med mera sprit, men ibland hjälpte inte ens det. Han försökte övertyga sig själv om att han var tvungen att göra som han gjort och att det var värt det hela, men innerst inne visste han att allt han gjort var så fel. Efter att ha borstat tänderna svalde han två valium och stupade i säng. Trots tabletterna kunde han först inte somna utan han låg vaken och svetten rann utmed hans ryggrad tills han äntligen gled in i något som kunde liknas vid en halvdvala. Han vaknade upp av alarmet från klockradion. Fast han inte kände för det ett dugg, masade han sig upp och åt en snabb frukost. Han var tvungen att jobba idag, så det var bara att bita ihop. Det blev svårare och svårare att hela tiden spela teater för jobbar kompisarna och sin chef Brogan. Han fick alltid dåligt samvete när de bekymrade sig över att han varit en hel del sjuk sista tiden. Alla deras frågor och bekymrade blickar blev jobbigare och jobbigare. Just känslan att de brydde sig så mycket om honom gjorde att han kände sig genomrutten. Han stålsatte sig för att möta sina arbetskamrater, men hans tankar återvände hela tiden till vad han måste göra på kvällen efter passet. Han tänkte på sin gamle vän Adam.

Trots allt hade de varit riktigt bra vänner och haft en hel del kul tillsammans. Alla fester, skämten med jobbarkompisarna och grillfesterna med Maria och de andras fruar. Själv hade han alltid med en tillfällig flickvän, men det var hela tiden Maria han i smyg tittade på. Han minns inte när han började hata Adam för att han var tillsammans med kvinnan han älskade. När han väl insåg det så var det som om en het lavaström rann genom hans ådror och avundsjukan växte för varje dag. När försäljaren kom med sitt förslag var han mer än redo förstod han nu. Det var något sådant han innerst inne bett om skulle hända. En ursäkt för att göra det som han måste. Döda Adam, för att få Maria. Hur sjukt det än var så hade han inget annat val om han ville ha henne. Och det ville han verkligen.

När sedan bollen sattes i rullning så fanns det ingen återvändo. Ibland önskade han att allt var som förut och att det aldrig hade hänt. Men gjort är gjort, sade han till sig själv. Bara en liten sak till sedan kunde han glömma allt dåligt han gjort och fokusera på att bli en ny bra man åt Maria. Ja! Så måste det bara bli funderade han i bilen på väg till jobbet.

Fokusera på uppgiften och inget annat.
Han kände sig mycket nöjdare och lugnare nu när han bestämt sig. Inget fick stoppa honom. Inte nu när han var så nära.

Martin parkerade sin bil utanför stationen och gick in till de andra grabbarna med ett bekymmerslöst leende på sina läppar.

Ingen därinne anade vem han egentligen var. Den tanken gav honom en skön tillfredsställelse när han bytte om för att genomföra passet.

Ikväll, då skulle den sista bollen sättas i rullning, sedan kunde det verkliga livet börja. Martin gick fram till biljardbordet i uppehållsrummet efter att han bytt om och tog en kö ifrån stället på väggen. Han placerade bollarna i triangeln med den svarta åttan i mitten.

" Vem vill spela högt och lågt med mig. Vinnaren får allt och förloraren får göra rent vatten-tanken". Spridda skratt hördes bland de andra brandmännen när de samlades kring bordet för att se vem som vann.

Kapitel 31 - Fienden

Adam vaknade tidigt och kände sig utvilad. Han sträckte på sig i sängen och gäspade. I eftermiddag skulle allt vara över. Hur det än går inne på arenan så skulle allt vara slut. Antingen dog han där eller också, ja vad hände då? Han kunde inte förstå hur han skulle komma tillbaks hem även om han överlevde. Han hade frågat Gaius om det men han ville inte säga något. Hade bara mumlat något ohörbart och börjat prata om att inte tänka på det utan fokusera på striden mot Raiven. Han tvättade av sig, åt en god frukost i sitt rum som en tjänare serverat och gick sedan bort till Gaius dörr och knackade på. Nästan direkt öppnade Gaius dörren med ett brett leende på läpparna.

"Hej stridskamrat hur mår du?" frågade Gaius Adam.

" Bra! Jag tror jag är redo. Så redo man kan bli för att slåss mot en jätte och van mördare ".
"Genomför planen som vi bestämt så kommer det gå bra", sa Gaius självsäkert. De gick ut tillsammans och såg ned mot den jättelika arenan som låg nedanför slottet.

"Om ett par timmar kommer den vara fullsatt med folk. Våra anhängare på ena sidan och kejsare Enocius och Raivens män på andra sidan. Vad de än säger och gör så låt dig inte störas. Den enda du ska ha fullt fokus på är din motståndare Raiven", sa Gaius.

"Koncentrera dig och följ planen så vinner du. Tvivla aldrig på dig själv och håll rädslan borta".

Med kraftiga fotsteg var det någon som kom gåendes bakom dem. När de vände sig om såg de att det var två palatsvakter med Morgor i spetsen.

"Dags att möta fienden", sa Morgor sammanbitet. "Drottningen vill att ni gör er klara för att rida ut till mötet med kejsare Enocius och hans stab".

Gaius och Adam tittade på varandra. Båda tänkte samma sak. Nu fanns det ingen återvändo längre. Ingen tid att fly eller göra något annat utan bara gå framåt och se vad som händer. Alla fem gick de bort till den stora porten som stod öppen. Drottningen satt till häst längst fram i kortegen med tjugo av palatsets bästa krigare. Alla hade skinande blanka rustningar och fem hästar stod sadlade. Redo för Adam och de övriga. De tog på sig sina harnesk. Adam red upp på drottningens högra sida och Gaius på hennes vänstra. Snett bakom dem, lite före de övriga soldaterna red Morgor med flaggan. Drottning Pyria sökte Adams blick och log spänt mot honom.

"Vad de än säger eller gör så håll dig kall och låt dig inte provoceras", sa hon.

172

"Ingen fara", svarade Adam och besvarade leendet från Pyria.

När de ridit i cirka femhundra meter och passerat vallgraven började de närma sig kejsarens följe som väntade upp på en kulle. Även på det här avståndet såg Adam att en av männen däruppe var mer än huvudet högre än alla andra. Han såg verkligen jättelik ut.

"Inte svårt att se vem som är Raiven", sa han till Gaius.

"Nej det är bara att se vem som är fulast", svarade Gaius och skrattade högt.

De stannade på cirka tjugofem meters avstånd. Adam såg att Raiven studerade honom intensivt. Drottningen, Adam och Gaius red fram ytterligare tio meter. Kejsaren, Raiven och ytterligare en man med överstens grad red också fram på samma sätt. Nu stod de öga mot öga och ingen sade något på en bra stund. Adam tittade rakt på Raiven. Han vek inte undan med blicken fast hans hjärta bultade så hårt att han trodde det skulle sprängas. Efter att ha gett Adam en föraktfull blick flyttade Raiven blicken till Gaius. Adam såg hur hatet plötsligt lyste i Raivens ögon. Det såg ut som om jätten gjorde allt för att behärska sig och inte direkt rida fram och döda Gaius som i sin tur obekymrat utan det minsta spår av rädsla såg tillbaks på Raiven.

Det blev Gaius som till sist bröt tystnaden."Hur är det med ögat?" sa han till Raiven.

" Lappen klär dig riktigt bra". Gaius fortsatte att flina åt den jättelika mannen.

Raiven blev vit i ansiktet och morrade högt. Det enda som fick honom att stanna upp och inte kasta sig över Gaius var kejsaren som lade sin feta, knubbiga hand på jättens axel.

"Lugn!" sa han avmätt till Raiven. "Gaius tid kommer och då får vi se hur kaxig han är".

Kejsare Enocius vände sig istället till drottning Pyria. Han bugade lätt samtidigt som han log ett av sina falska smöriga leenden.

"Du är lika vacker som vanligt. Synd bara att jag ska ta över ditt land och stad. Men du kan kanske få bli en av mina hustrur och ingå i mitt harem".

Kejsare Enocius skrattade högt så hans dubbelhakor hoppade fram och tillbaks.

"Jag skulle hellre gifta mig med en gris än dig", svarade drottning Pyria kallt. " Var inte så säker på att staden är din. Först ska vi slåss om saken".

Nu var det Raiven som öppnade munnen. "Menar du den där ynkliga mannen", sa han och nickade föraktfullt mot Adam.

"Honom ska jag krossa som man rycker huvudet av en fluga. Sedan är det din tur Gaius och den här gången ska du inte komma undan".

Adam kände hur adrenalinet rann till. Ilskan kokade inom honom och han kunde inte låta bli att svara Raiven.

"Vi får väl se", sa han utan att släppa jätten med blicken.

"Det är inte bara muskler när man slåss och någon vidare hjärna verkar du inte ha att döma av hur du pratar".

Raiven såg roat på Adam.

"Jag hade tänkt döda dig fort, men nu ska jag plåga dig och plocka ner dig bit för bit innan du tiggandes får dö", svarade jätten.

"Nog pratat!" sa drottningen.

"Reglerna är följande. Halva arenan är tillägnad er. Inga vapen får föras in i staden. Alla som passerar porten ska vara obeväpnade. När alla är på plats börjar striden och den fortgår tills en man eller båda är döda. Den som sist står upp har vunnit. Segraren tar allt. Förlorar ni så kan ni aldrig mera återvända hit och allt ert land blir mitt att styra över. Så säger skriften. Prick klockan sex ikväll ska alla vara på plats för slutstriden. Det var allt".

175

Drottningen vände sin häst och red tillsammans med de andra i sitt följe tillbaks in mot staden. Kejsaren och Raiven tittade hatiskt efter dem och deras blickar brände i ryggen på Adam när de nonchalant red iväg.

Gaius var som vanligt munter efter mötet.

"Bra sagt!" sa han till Adam." Du retade upp Raiven ordentligt så han kom ur balans. Det kommer att vara till din fördel".

Adam som inte var lika säker svalde hårt och spände käkarna så det knakade i tänderna.

" Jag reagerade instinktivt", svarade han.

"Det var inte avsikten att reta upp honom men jag blev så förbannad på hans överlägsna sätt".

"Ja, det är bara bra", sa Gaius.

"Han tror du blir ett lätt byte men vi har en annan plan för honom, eller hur?"

Adam nickade men innerst inne var hans mage i uppror. Jag måste vinna för Marias skull, funderade Adam. Han vågade inte tänka på vad som skulle hända om han mot alla odds skulle lyckas vinna. Fanns det en chans att han skulle kunna återvända hem och hur skulle det gå till i så fall? I den gamla skriften som talade om en hjälte som nu verkade vara han stod det inget om den saken.

Adam medgav för sig själv att han var otroligt nyfiken på just den delen. Hur han skulle kunna komma hem igen till sin egen planet? Han hade hamnat här på det här konstiga stället efter att han kört av vägen hemma. Först hade han trott allt var en dröm, men så var uppenbarligen inte fallet. Det gick inte att förklara på naturlig väg men han verkade kunna befinna sig på två ställen samtidigt. Hur otroligt det än var. Hans känsla nu var att han bara kunde följa med strömmen, lita på sin magkänsla och göra sitt bästa för att vinna mot Raiven. Det var hans enda chans för att se om det fungerade så att han kunde återvända hem igen. Adam beslöt sig för att fråga Gaius för att se vad han visste.

”Hur kommer jag hem igen om jag vinner striden mot Raiven?“ sa han forskande och såg på sin vän.

Gaius tittade lite undrande på honom från sidan.

”Jag vet inte säkert, men du kan lita på skriften. Något kommer att hända, var så säker. Se bara till och vinna så du får chansen att återvända”.

Det sista sade Gaius så lågt att Adam knappt hörde vad han sade till honom.

Efter att detta blev sagt fortsatte de under tystnad in till staden och den jättelika arenan som låg mitt i centrum nedanför palatset.

Drottning Pyria tog Adam åt sidan när de klivit av hästarna.

"Jag kommer ha fullt upp nu fram tills det är dags", sa hon vänd mot Adam.

"Lycka till! Jag vet att du kommer att segra. Slåss för mig, mitt folk, dig själv och de dina du har hemma där du kommer ifrån. Vi litar på dig". Pyria kramade honom hårt över armarna.

De såg varandra en lång stund i ögonen innan Adam nickade och vände sig om. Allting var sagt mellan dem. Nu fanns det bara en sak kvar och det var kampen som väntade honom. Han gick mot Gaius som stod och väntade. Tillsammans gick de ned till omklädningsrummet för att förbereda sig och byta om till stridsmunderingen. Det var fem timmar tills klockan var sex och mycket att gå igenom innan det var dags. Nu gällde det. Tiden var snart inne och det skulle inte finnas något sätt att skjuta upp det oundvikliga på. Han skulle inte komma undan. Hur gärna han än ville.

Kapitel 32 - Planen

Martin stack hem så fort han kunde efter jobbet. Han bytte om till en svart polotröja och svarta jeans. Ur en väska tog han fram balaklavaluvan med hål för ögonen och munnen. Han hade beställt den på nätet för över två veckor sedan från en hemsida på nätet som sålde militärutrustning. Nu hade han bara att invänta mörkret för att sedan osedd ta sig ut till sjukhuset. Vakten som vaktade Adam ikväll var en slö och fet polis som hette Dick Andersen. En stor och rödbrusig man som tillbringade det mesta av sin fritid på puben. Martin hade smulat sönder fyra sömntabletter och lagt i en liten bit folie. Han hade tidigare när han besökt Adam sett att Dick alltid hade med egna mackor och en termos med kaffe till nattskiftet. Dick var allmänt känd för att vara extremt snål och dessutom led han av kronisk prostatit, vilket gjorde att han ofta fick springa på toaletten. Martin hade därför valt ut just den här kvällen när Dick var vakt. Det skulle inte komma något bättre tillfälle. Allt han behövde göra var att ta sig fram utan att någon såg honom och hälla sömnmedlet i snutens termos. Efter cirka femton minuter skulle han i det närmaste vara medvetslös och sova sött. För att lugna nerverna svepte han tre stadiga glas

179

med konjak. Två timmar senare var det mörkt och han smög ut bakvägen utan att någon såg honom. Han lät lyset och tv:n stå på ifall någon skulle gå förbi och titta upp mot hans lägenhet. Cykeln som stod parkerad på baksidan hade han stulit några dagar tidigare. Efter att ha cyklat en liten omväg på bakgatorna började han närma sig sjukhuset. Det duggade lätt och det var inte mycket folk ute. Bara en och annan hundrastare. Martin visste att det satt en kamera monterad mot huvudentrén, men han tänkte ta sig in en annan väg. På baksidan fanns det fönster in mot kontorsdelen på sjukhuset. Denna del var inte larmad och han kunde ganska så ljudlöst krossa ett fönster och klättra in. Väl inne smög han ut i korridoren och tog nödutgången upp via trapphuset. Det var för riskabelt att ta hissen eftersom någon kunde kliva in när han var på väg uppåt. Adam låg nu på åttonde våningen och Martin var ganska andfådd när han till sist var framme. Tyst och orörlig stod han i flera minuter tills andningen lugnat ned sig. Försiktigt gläntade han på dörren och såg Dick sitta längst bort i korridoren utanför Adams rum. Dick var försjunken i en travtidning. Hans andra stora intresse förutom att dricka öl var att spela på hästar. Martin fick vänta i ytterligare en halvtimme innan han hörde vakten resa på sig och gå mot toaletten som låg mitt i korridoren. Så fort Dick hade försvunnit in på toaletten smög

Martin ut i korridoren och småsprang bort mot stolen där vakten satt. Som han trodde stod termosen nedanför stolen tillsammans med mackorna som låg i en liten kylväska. Fort skruvade han av locket på termosen och efter lite fumlande lyckades han hälla över sömnmedlet. Martin skruvade snabbt på locket och skakade flaskan innan han på snabba fötter sprintade tillbaks mot nödutgången. När han passerade toaletten hörde han hur Dick spolade och det var med nöd och näppe han hann in bakom dörren innan vakten med tunga steg gick tillbaks mot sin plats. Efter ett litet tag hörde Martin hur vakten började sörpla i sig av kaffet. Han väntade i cirka en kvart innan han försiktigt öppnade dörren ut mot korridoren. Han var på helspänn och beredd på att sticka och fly vid minsta ljud ifrån något. Han förväntade sig att någon skulle börja skrika och gorma men allt var tyst och lugnt. Dick satt med hakan lutad mot bröstet. Lite saliv rann ned från hans mun över hakan och ned på magen. Han snarkade ljudligt och var helt borta. Martin smög förbi den sovande Dick och in i rummet där Adam låg. Han tittade på sin vän som låg som vanligt och andades med djupa andetag. När han såg hur hjälplös Adam var kände han ett hugg i hjärtat över vad han gjort sin bäste vän. Martin svalde och vände sig om för att gå ut när han plötsligt fick se mannen med hatten för sin inre syn.

Han visste vad som väntade honom om han inte fullföljde det han bestämt. Han tänkte på Maria och hur gärna han ville ha henne. Martin stålsatte sig och vände sig om mot Adam.

"Ledsen grabben men du står i vägen och måste bort". Han sköt ut sängen från väggen och andningsapparaturen släppte med ett väsande ljud ifrån vägguttaget. Konstigt nog verkade Adams andning inte påverkas av att han kopplades loss från maskinen. Martin sköt ut sängen i korridoren och fram till hissen. Han tryckte på plan tjugofyra som var högst upp. När han rekade hade han hittat en nödutgång upp på taket. Med lätthet kunde han rulla ut sängen där ute och sedan dumpa Adam över kanten. Han log stelt för sig själv när hissdörren gick igen. Snart var det över och Maria var äntligen hans.

Kapitel 33 - Varsel

Maria hade varit orolig hela dagen utan att förstå varför. Det var som ett dåligt omen om att något fruktansvärt var på väg att hända. När hon var och handlade mådde hon så illa att hon höll på att ramla omkull. Visst hade hon sovit dåligt sista tiden och haft dessa återkommande mardrömmar. Hon såg allt klarare och klarare för varje gång. Mannen med hatten var alltid närvarande i drömmarna men nu började hon också urskilja den andre. Det var något så fruktansvärt bekant över mannen. Men hon kunde inte sätta fingret på vad det var. Hon hade berättat om drömmarna för Martin men han blev alltid så undvikande och försökte bortförklara det med att hon var trött och överspänd. Visst stämde det. Hon var helt slut men samtidigt måste hon kämpa på för den lille som låg i hennes mage. Efter maten hade hon somnat framför tv:n. Hon vaknade med ett ryck när den lille sparkade så hårt att det gjorde fruktansvärt ont. Yrvaken gick hon ut i köket och drack lite vatten. Plötsligt såg hon Adam för sin inre syn och hon bara visste att han var i stor fara. Hon kunde inte förklara hur, men hon bara visste det. Snabbt slängde hon på sig ett par jeans istället för mjukisbyxorna hon hade på sig.

183

En tröja som hade varit Adams och var alldeles för stor fick duga som ytterplagg. Hon rusade så fort hon kunde ut i hallen och slet åt sig bilnycklarna. I farten glömde hon sin mobiltelefon och att låsa ytterdörren. Hon sprintade ned över gräsmattan mot garaget. Med fjärrkontrollen öppnade hon porten och körde ut bilen med en rivstart, nära att köra bort den ena sidobackspegeln mot garageväggen. Hon gasade allt vad hon kunde. Det var en ganska så stor motorväg som hon måste ta sig ut på, men efter det så skulle hon vara framme på tio minuter. "Snälla, snälla!" bad hon. " Låt det inte vara försent". Maria visste inte vad som skulle hända, bara att hon måste skynda sig så fort hon kunde. Bilen höll på att sladda av vägen när hon svängde upp på motorvägen, men hon lyckades häva sladden utan att veta hur. Som en galning sicksackade hon mellan bilarna och lyckades oskadd svänga av vid avfarten mot sjukhuset. Efter ytterligare fem minuters körning började hon närma sig den stora parkeringen utanför sjukhusets huvudentré. Det var ett regionsjukhus som var väldigt stort med flera större p-platser runt om byggnaden. Maria körde upp bilen alldeles framför entrén. Det fanns inte tid att bry sig om att hon stod halvvägs upp på gräsmattan med framhjulen och resten av bilen snett över en handikapparkering.

184

Utan att slå av motorn rusade hon ut och drog i entréns dörrhandtag som var låst. På en lapp stod det att hon var tvungen att gå runt till en sidoingång närmast akuten för att komma in. Med paniken och gråten i halsen såg hon sig omkring. Bredvid glasdörren stod det en större askkopp i sten. Utan att känna efter lyfte hon upp askkoppen och drämde den med full kraft in i glasdörren som gick sönder med en ljudlig smäll. Glassplitter for över hela henne, men det var inget som hon tog någon notis om.

Fort böjde hon sig ned och klämde sig in genom den trasiga rutan. Väl inne sprang hon så fort hon kunde och som den stora magen tillät fram mot hissarna. Barnet därinne i magen sparkade vilt som om det förstod vad som höll på att hända. Efter det som kändes som en evighet kom äntligen en hiss ned. Hon tryckte på den våning som Adam låg på och lutade sig sedan flämtande mot den stora spegeln inne i hissen. Vad som än hände nu så visste hon inom sig att det var avgörande minuter som väntade och att hon skulle få alla svar på vad som hade hänt Adam. Bara hon inte var försent ute. När hon äntligen var framme på rätt våning hävde hon sig ut och satte full fart mot Adams rum i andra änden av korridoren.

Kapitel 34 – Varnad

Brandmästare Brogan vaknade med ett ryck. Ute i köket såg han ett blåaktigt sken som han aldrig sett förut. Vad i helvete var det där? Han satte sig upp på sängkanten försiktigt, noga med att inte väcka hustrun. Långsamt trädde han in fötterna i tofflorna som han alltid ställde nedanför sänkkanten och reste sig upp. Han tassade försiktigt ut från sovrummet och vidare in i köket. Bakom köksbordet vid kylskåpet stod en person framåtböjd och höll på med kylskåpsmagneterna. När mannen rätade på sig fick Brogan en smärre chock. Framför honom stod sheriff Mac Allen livs levande. Det konstiga skenet han sett när han vaknade låg som en aura runt sheriffen som stirrade honom rakt in i ögonen. Det var som om sheriffen ville säga honom något men Brogan förstod inte vad. Plötsligt slocknade skenet. Allt blev svart och Brogan reste sig upp ur sängen. Hur kom han tillbaks hit? Hade han drömt om sheriffen och det konstiga skenet. Han var tvungen att gå upp igen och kontrollera om det var någon kvar i köket. Brogan gjorde om proceduren med tofflorna och hasade ut i köket. Ingen sheriff och inget konstigt sken. Han måste ha drömt att han gick upp och var ute i köket.

Konstigt! tänkte Brogan. Håller jag på att bli knäpp? Han tände den lilla lampan över diskbänken och öppnade kylen för att ta lite juice. När Brogan stängde kylskåpet drogs hans blick till kylskåpsmagneterna som hans fru satt upp. Det var bokstäver i olika glada färger som satt på dörren. Hans barnbarn brukade leka med magneterna när de var hemma och hälsade på. Adam- Fara- Skynda stod det nu på kylen med sneda bokstäver, men fullt läsbart. Brogan var säker på att varken han eller hans fru skrivit detta. Barnbarnen hade heller inte varit hemma hos dem på över fjorton dagar. Vem hade skrivit det där? En kall kåre löpte utmed Brogans ryggrad och han ryste till, fast det var varmt i rummet. Sheriffen som han hade drömt om hade stått vid kylen och hållt på med något. Hur kunde det vara möjligt? Hade sheriffen kommit tillbaks från de döda för att lämna honom ett budskap. Han förstod inte hur det kunde hända, men något onaturligt var på gång och han måste ge sig iväg och se till så att allt var bra med Adam. Kanske var det han själv som gått i sömnen och skrivit det där men det spelade ingen roll. Normalt var han inte vidskeplig och han hade inte mycket till övers för de som trodde på andar och andra konstigheter. Han klädde på sig så fort han kunde och utan att väcka sin fru smög han ut ur huset och låste dörren. Någon minut senare var han på väg mot sjukhuset.

Om någon såg mig nu så skulle de tro jag blivit galen. Halvklädd härute och med håret på ända. Om han dessutom berättade om den underliga händelsen i köket så skulle han säkert spärras in på dårhuset. Brogan tänkte inte berätta vad han upplevt för någon. Han bet ihop käkarna så det knakade i munnen. Dröm eller inte, för honom hade det varit verkligt så det fick räcka för stunden. Beslutsamt tryckte Brogan gasen i botten och motorn svarade med ett ryck. Han skulle vara framme om några minuter och då skulle han få ett svar på om det var någon mening med drömmen eller inte. Han ångrade bara en sak. Att han i brådskan inte hade fått med sig varken sin telefon eller ett vapen. Hur som helst var det för sent att vända om. Han lovade sig själv att åka direkt hem om allt var lugnt med Adam och definitivt ligga i sin sköna säng när hans hustru vaknade på morgonen.

Kapitel 35 - Kampen

Adam gick ut i gången som ledde ut på sanden i arenans mitt. Han kunde höra sorlet från alla som bänkat sig därute. Över hundratusen människor satt och väntade på honom. Som vanligt gick Gaius bredvid. Alltid lika lugn, utan att visa det minsta nervositet. Gången ut kantades av soldater i full stridsmundering. Framför honom i ljuset tornade en jättelik varelse upp sig. Raiven stod redan i öppningen och väntade. Han besvärade inte Adam med en blick när Adam klev upp och ställde sig vid sidan av jätten. Adam var en reslig man men nådde inte Raiven längre än till bröstet. Adam vände sig om för att säga något till Gaius men han syntes inte till någonstans. Adam svalde nervöst. Vart hade han tagit vägen? Hur som helst, han var ensam nu. Lika bra det. Gaius hade stöttat honom genom hela den här märkliga resan men nu måste han klara sig själv. Plötsligt öppnades grinden framför de båda männen och de klev ut från mörkret in i ljuset och fortsatte ut mot arenans mitt. Sorlet växte till ett öronbedövande jubel. Arenan var enorm och rad efter rad sträckte sig upp mot himlen fullpackat med vrålande och jublande människor. På ena sidan fanns kejsare Enocius och Raivens anhängare och

189

mitt emot på andra sidan satt drottning Pyria och alla som höll på Adam. De hade underhållits i en timme med olika tävlingar och slagsmål mellan olika kämpar men nu var det dags för huvudattraktionen. Man kunde nästan ta på spänningen som låg i luften. Nu var det ingen lek längre utan det skulle bli en kamp på liv och död där endast en av de båda kämparna kunde lämna arenan levande. När de väl stod i mitten av arenan tog domaren till orda. Högt så alla hörde honom skrek domaren.

"En kamp man mot man tills döden skiljer er åt. Ni har valt era vapen. Inga regler finns utan kämpa tills en har segrat. Vinnaren och hans folk får allt. Inget krig mellan folken får börja utan alla måste acceptera resultatet här i arenan. Så lyder skriften", avslutade han.

Efter detta gick domaren undan och lämnade de båda kämparna ensamma, ståendes mitt emot varandra i sanden. Adam hade valt svärd och sköld och likaså Raiven. Den enda skillnaden var att Adam hade ett något mindre och lättare svärd än Raivens tunga och otympliga. Jag har en fördel där med snabbheten när jag hugger och parerar. Hoppas taktiken fungerar och att jag håller mig vid liv tillräckligt länge för att genomföra den, tänkte Adam. De båda männen mätte varandra med ögonen. Raiven log hånfullt mot Adam. För honom var det här en lek.

Han hade dödat så många män, både större och mer stridsdugliga än Adam att han inte ens hade någon speciell taktik. Raiven tänkte leka lite med Adam och såra honom både här och där innan han satte in den dödande stöten. Men först skulle Adam få lida. En hornstöt ljöd och kampen var igång. De började cirkla runt varandra innan Raiven plötsligt högg med full kraft mot Adam som snabbt parerade med skölden. Kraften i slaget fick Adam att huka sig ned. Djävlar! tänkte Adam. Det här går aldrig, han kan döda mig när han vill. Raiven fortsatte med sina framstötar och slog med svärdet i ett rasande tempo. Adam lyckades parera de första tio slagen, men den elfte gången tappade han greppet om sin sköld och Raivens svärd skar in i hans oskyddade axel. Raiven log elakt när han såg hur Adam grimaserade av smärta. Snabbt attackerade han på nytt och det var med nöd och näppe Adam fick upp sin sköld i tid. Än så länge hade Adam inte lyckats slå ett enda slag mot Raiven utan han hade fullt upp med att skydda sig. Adam försökte gå till attack och högg två gånger mot Raiven som parerade slagen med lätthet och anföll sedan själv med obruten energi. Efter cirka tio minuters kamp var Adam rejält trött och hade fyra blödande sår runt om på kroppen. Han leker med mig, tänkte han. Raiven i sin tur verkade vara helt opåverkad av kampen och inte det minsta trött. Publiken som höll på Raiven jublade högt för varje stöt och slag som levererades mot Adam som knäade under kraften i attackerna.

Drottning Pyria såg mer än orolig ut då hon började inse att snart var det över. Adam skulle dö och hela hennes stad och folk skulle bli slavar under kejsare Enocius. Raiven fintade nu med ett högt hugg över axlarna, men i sista stund vred han svärdet nedåt och högg framåt. Svärdet skar djupt in i Adams ena lårmuskel och han höll på att falla omkull. Föraktfullt vände Raiven Adam ryggen och lyfte båda sina händer och svärdet över sitt huvud. Kejsare Enocius reste sig upp och hans män likaså och ett öronbedövande jubel bröt ut när de hyllade sin kämpe. Raiven vände sig sakta om och såg på Adam som hade rest sig upp med hjälp av sitt svärd. Blodet pumpade ut ur det öppna såret i hans ben. Raiven tog till orda.

"Hur känns det nu när du snart ska dö?" frågade han Adam med spelat intresse."Inser du att du har svikit alla de dina och går in i döden som en stor förlorare". Raiven ville in i det sista förnedra sin motståndare. Han njöt alltid när han såg skräcken i sina motståndares ögon när de gick upp för dem att de var slut och snart borta. Adam såg sig desperat omkring och fick ögonkontakt med Gaius som nu dykt upp och stod på drottningens vänstra sida. Han nickade mot Adam och blinkade. Det var dags för det de

tränat på under alla timmar tillsammans.
Adam nickade stumt tillbaks och spände blicken i
Raiven som självsäkert stod redo för det dödande
hugget. Adam såg hur Raiven spände sin
armmuskel. Snabbt när hugget kom parerade
han med skölden, snurrade ett halvt varv på
marken och högg med full kraft mot Raivens
båda vader, precis som Gaius hade gjort med
morbiderna för en hel evighet sedan.
Svärdet skar som smör rakt igenom Raivens
hälsenor och med ett rop av förvåning föll han till
marken som skakade till när jätten landade i
sanden. Raiven försökte resa på sig, men det var
omöjligt och med ett morrande ljud långt ned i
halsen föll han tillbaks på marken. Oförmögen att
resa sig och blev liggandes på rygg.

Adam närmade sig honom med höjt svärd,
cirklandes runt jätten på en meters avstånd.
Adam var noga med att hela tiden hålla sig
utanför jättens räckvidd. Raiven höll fortfarande
svärdet i sin ena hand. Adam tvekade kort men
insåg att han var tvungen att fullfölja det han nu
måste göra, även om han hatade att döda någon.
Raiven såg honom i ögonen nu med en slags
respekt som Adam inte tidigare hade lagt märke
till. Raiven nickade nästan omärkligt mot Adam
och slöt sina ögon. I samma ögonblick stack
Adam svärdet rakt i hans hjärta med full kraft.
Raiven darrade till, tog ett sista rosslande

andetag och sedan var det slut. Helt färdig
vände sig Adam mot drottning Pyria och höjde
svärdet i luften.

"Vi har en segrare!", skrek domaren högt och hela
ena sidan av arenan jublade så att väggarna höll
på att rasa.

"A-dam, A-dam, A-dam", skanderade ena halvan
av läktaren medan kejsare Enocius såg ut som
om han höll på att rasa samman i chock. Den fete
kejsaren reste sig hastigt och öppnade munnen
för att säga något. I samma ögonblick snubblade
han till och föll handlöst framåt över räcket.
Folket som stod nedanför kastade sig hastigt
undan när Enocius slog i stenläggningen med
huvudet före. Det small till och man hörde hur
den fete mannens nacke knäcktes och han blev
liggandes med huvudet i en onaturlig vinkel.
En liten pojke på åtta år som stått bakom
kejsaren skyndade fram till räcket. Alla kunde se
hur han log med hela ansiktet när han tittade ned
på den nu döde kejsaren. Just i det ögonblicket
utan att något sades, förstod de flesta vilken
vedervärdig man kejsaren hade varit och att han
fått sitt rättmätiga straff.
Så, utan att Adam hade märkt något stod Gaius
vid hans sida.

"Bra kämpat. Jag kunde inte ha gjort det bättre
själv men nu måste vi skynda oss. Det fungerar
bara i någon minut till".

194

Han tog Adam i ena armen och drog honom med sig mot muren och vallgraven. På mindre än trettio sekunder hade de trots Adams skador klättrat upp för murens trappor och stod högst upp på den smala gången som ledde utmed hela långsidan av muren. Långt därnere glimmade vattnet i den djupa vallgraven.

"Fort!" sa Gaius. "Nu har du chansen att återvända till de dina. Du måste hoppa härifrån".

"Vad menar du?" sa Adam desperat.
Härifrån ner i vattnet. Är du fullständigt galen".

"Nej nu måste du lita på mig. Jag har aldrig ljugit för dig utan gör bara som jag säger men fort".
Han såg Adam i ögonen och höll honom hårt i båda armarna.

"Tack min vän för allt. Ta hand om dig nu och glöm inte vem som är din fiende och glöm aldrig mig heller". Det nästa som hände var Adam helt oförberedd på. Med en kraftig knuff puttade Gaius Adam baklänges över kanten och med full fart föll han baklänges ned i vattnet mer än tio meter under honom. Adam hann precis ta ett djupt andetag innan han slog i vattnet och så plötsligt var han långt under ytan. Allt snurrade och virvlade runt honom och först visste han inte vad som var upp eller ned. Långt där ovanför sig såg han ljuset som i en smal tunnel.

Han simmade mot det konstiga skimrande ljuset i vad som tycktes en evighet samtidigt som han var tvungen att blunda. Skenet ovanför honom blev mer och mer intensivt ju närmare han kom ytan. Till sist när luften han hade i sina lungor var så gott som slut klöv han vattenytan. Adam tog ett djupt befriande andetag och öppnade försiktigt ögonen. Han var beredd på det mesta men inte det här. Det första han såg genom sina halvslutna och dimmiga ögon var bästa vännen Martins ansikte, förvridet i en otäck grimas. Han var tillbaks.

Kapitel 36 - Mötet

Brogan hade genast hittat den trasiga rutan. Försiktigt utan att skära sig på det vassa glaset pressade han sig in. En flik av byxbenet fastnade i glaset och slet upp en stor reva vid ena knäet utan att Brogan märkte något. Snabbt fortsatte han korridoren fram och tog hissen upp till Adams avdelning. Maria som hade hört hissen stod och väntade på honom.

" Vad gör du här?" sa hon förvånat när hon fick se Brogan kliva ur hissen. Hon sprang fram och kramade om honom hårt.

"Gud vad glad jag är att du är här", snyftade hon högljutt. Brogan fortsatte att stirra på henne. "Något konstigt har hänt. Vakten går inte att väcka och Adam är borta från sitt rum. Något måste ha hänt honom", fick hon ur sig.

Brogan lossade varligt på hennes grepp och gick in i Adams rum. Det stämde det Maria hade sagt. Det enda som fanns kvar i rummet var apparaten som hade hjälpt Adam med andningen och vakten var helt utslagen, omöjlig att väcka. Troligen nedsövd på något sätt. Brogan fick syn på den halvfulla termosen. Han tog upp den och luktade på innehållet. En något skarp lukt trängde upp i hans känsliga näsa. Han gick snabbt tillbaks till Maria.

"Kom så letar vi". Han tog upp vaktens mobil och ringde larmnumret. Efter att ha förklarat sitt ärende och vem han var lade han på luren. Brogan tittade på den andra hissen. Den stod högst upp på översta våningen. Det var mera troligt att den som tagit Adam åkt ned till receptionen, men en inre röst sade att de skulle åka uppåt för att leta på samma plan som hissen stannat. Bryskt knuffade han in Maria i hissen och tryckte på översta knappen. Måtte jag ha rätt nu, tänkte Brogan när hissen tog fart uppåt.

"Varför åker vi upp?" frågade Maria.

"Bara en känsla jag har", svarade Brogan kort. Efter vad som kändes som en evighet var de uppe på översta våningen. De flesta dörrar var låsta eftersom det mest var förråd med sjukhus-material och kläder till patienterna. Ingenstans syntes Adam till. Efter att ha letat färdigt utan att hitta något skulle de just åka ned när Maria fick syn på nödutgångsskylten.

"Kom!" sa hon till Brogan." Skadar inte att titta här också". Bakom dörren fanns en smal trappa som ledde upp mot taket. Även en ramp som var till för att skjuta en sjukhussäng upp till helikopterplattan på taket, ledde uppåt.
De tog sig försiktigt upp till nästa dörr som skulle ta dem ut på taket. Någon hade spärrat den från andra sidan. Hur mycket de än slet och ryckte i dörren gick den inte att öppna.

"Tror du Adam är därute och i så fall med vem?" viskade Maria till Brogan samtidigt som hon skakade om hans stora axlar.

Det hade han inget bra svar på. De var tvungna att ta sig in för att se efter.

"Vänta här! Jag kommer tillbaks med ett bräckjärn så vi kan bryta upp dörren".

Fort satte han av ned för trappan och lämnade Maria ensam. Han sprang till hissen och åkte ned till entrén. I bilen hade han en kofot inlåst i bagageluckan. Han sprang allt vad han kunde. Värken i knäna gjorde det inte lättare men han ignorerade smärtan. Någonstans kände han på sig att tiden höll på att rinna ut och att han måste skynda sig mer än någonsin.

Kapitel 37 - Vännen och fienden

Adam tvingade sig att ligga still och hålla sig lugn. Han kände stålkanterna runt sängen han låg i och misstänkte att det var en sjukhussäng. Varför körde Martin på honom? Skulle han opereras eller var de på väg någon annanstans. Plötsligt kände han en vindpust i håret och luften förändrades. Det blev kyligt och han började darra under täcket. Utan att det märktes spände han armarna och benen. Allt verkade fungera precis som det skulle. Försiktigt kisade han under ögonlocken mot Martin som såg spänd och sliten ut, alldeles vit i ansiktet. Han kunde inte rå för det, men Adam tyckte synd om honom fast han inte borde det. Hans bäste vän hade svikit honom och försökt ta livet av honom. Det fanns inga ursäkter i hela världen om det nu var sant. Han måste ställa frågan till Martin oavsett om det var sant eller inte. Han mindes vad Gaius hade sagt. Titta honom i ögonen de kommer att avslöja honom. Var befann de sig just nu? Martin verkade ha bråttom och sköt sängen framför sig med en vild frenesi. Adam lyfte blicken ovanför Martins huvud och såg Karlavagnen på den nattsvarta himlen. Han måste vara högt upp i en byggnad, kanske på ett tak. Under tiden var

Martin fullt upptagen med att styra den stora och svårkontrollerade sängen och såg inte att Adam hade vaknat. Han måste köra bort till andra änden av taket där kanten inte var så hög och där han lättare kunde dumpa Adam. Han sköt på allt vad han kunde och avståndet krympte meter för meter. Till sist var han framme vid kanten och stannade medan hans armar skakade av ansträngningen. Han andades tungt under några sekunder och samlade sig för det han nu skulle göra. Adams huvud befann sig närmast kanten och han skulle bli tvungen att lyfta upp Adam ur sängen, och sedan kasta honom baklänges ned mot en säker död. Försiktigt lyfte han undan täcket och började resa Adam upp så att han kunde få under sina armar bakom Adams rygg. Då när deras ansikten var några centimeter ifrån varandra öppnade Adam ögonen. Av chocken tappade Martin greppet om Adam som tungt föll tillbaks i sängen." Vad håller du på med?" kraxade Adam med svagare röst än han tänkt sig.

Martin som inte hade hämtat sig från chocken att Adam nu helt otroligt och oväntat tycktes ha vaknat ur koman började stamma. Han kom inte på något vettigt att säga utan bara ett ohörbart mummel trängde upp genom hans läppar.

"Vad gör vi här uppe på taket och varför är vi ensamma här?" frågade Adam. Nu med lite mer kraft i rösten. Äntligen släppte lite av chocken för

Martin. "Vi är på sjukhuset och du ska transporteras med helikopter till ett annat ställe", ljög han utan att kunna se Adam i ögonen.

"Jag skulle vänta här med dig. De andra kommer alldeles strax". Adam kände på sig att hans gamle vän ljög. Han kom ihåg vad Gaius sagt till honom, men nu när Martin stod framför honom livs levande började han tvivla. De hade varit så nära vänner att det kändes helt sjukt att Martin skulle vilja honom något illa. Adam försökte vrida på huvudet och såg att de befann sig alldeles vid kanten av taket. Han snurrade runt igen med blicken fäst på Martin.

"Försöker du ta livet av mig?" sa han utan att släppa kontakten med Martins ögon vars blick började flacka. Nu visste Adam att det var sant. Martin, hans bäste vän sedan länge ville att han skulle dö.

"Hur fan kunde du göra så mot mig?" sa han till Martin som svalde gång på gång utan att få fram ett ljud.

"Jag är ledsen men nu är det för sent. Du måste dö", svarade han till slut.

"Vad har jag gjort dig för illa?" frågade Adam med sprucken röst. Han måste få veta varför Martin ville döda honom.

"Jag vill vara med Maria och du stod i vägen. Jag har älskat henne ända sedan den första gången jag såg henne".

Utan att släppa Martin med blicken tog Adam sig upp i halvsittande ställning. Han var fortfarande svag men krafterna började återvända.

"Du skulle ha sagt något. Trots allt så var vi bästa vänner", sa Adam med plötslig skärpa i rösten.

"Du kan aldrig få henne, hon älskar mig och dessutom så bär hon på mitt barn".

Utan förvarning förvreds Martins ansikte och han såg nu mycket ondskefull ut.

"Det skiter jag i. Din unge är ytterligare ett hinder som ska röjas ur vägen. Du vet en olycka händer så lätt. En barnvagn kan tappas ut i gatan eller en bebis kan ramla i golvet av misstag".

Adam som hade tittat på sin forne vän med bestörtning förstod nu att Martin måste ha blivit galen. Han måste agera snabbt innan det var försent. Utan att tänka sig för kastade han sig framåt och fick tag runt Martins hals. Båda männen föll hårt omkull på asfaltstaket. De började rulla runt i en vild brottningsmatch. Båda var jämnstarka så nu handlade allt om vem som skulle få in det avgörande slaget först. När de låg där på taket och kämpade mot varandra så hördes ett surrande ljud i luften.

Det blev mörkare runt dem och det kändes som ett vacuum. De sögs in i och något som liknade en rund genomskinlig bubbla som exploderade ovanför. Så, från ingenstans stod en man klädd i svart med en enorm hatt på huvudet bakom Martin. Mannen pekade med ett krokigt finger på Adam och det kändes som om själva livskraften sögs ur honom. Alla hans krafter försvann och han slutade kämpa emot. Martin som hade känt skillnaden sneglade bakom sig och såg den bekante mannen i svart. Han förstod att han fått oväntad hjälp och nu hade han chansen att göra sig av med Adam. Martin släpade med sig Adam över betongen mot kanten av taket där sjukhussängen fortfarande stod kvar. Adam försökte kämpa emot men det var lönlöst. Hans krafter sögs ur honom så länge mannen i svart höll sitt finger riktat mot honom. Vem fan var det där! tänkte Adam. Ser ut som djävulen själv eller en demon från en annan tid. "Gode gud, snälla hjälp mig. Jag vill inte dö. Inte nu när jag äntligen har kommit hem igen". När han bett bönen var det som om hela hans huvud exploderade i ett vitt ljus. När han öppnade ögonen igen stod Gaius mellan honom och mannen i svart. Gaius riktade sin hand mot den svarte mannen och det var som två olika sken kämpade mellan de båda. Skillnaden var att Gaius skickade ut ljus kraft och mannen i svart svarade med mörker.

Det var som om själva ljuset och mörkret kom från deras händer och ingen ville ge vika. Martin hade hivat upp Adam på sin axel och vek ned honom över kanten. Adam kände genast att hans krafter hade återvänt så fort Gaius kom emellan honom och mannen i svart. Precis när Martin skulle kasta ned Adam så fick Adam tag i Martins tröja och drog honom framåt. Martin som inte var beredd på detta och samtidigt hade lutat sig utåt föll över Adam och båda blev hängandes på utsidan av taket. Det enda som höll dem kvar var det smala järnräcket som omgärdade kanten på taket. De båda vännerna tittade på varandra när de hängde där över femtio meter ovanför marken.

"Jag orkar inte mer", sa Martin vars grepp obönhörligt började lösas upp. Adam kunde inte hjälpa det men han ville inte att hans gamle vän skulle dö. Inte på det här viset.

"Ta tag i min hand så ska jag hjälpa dig", sa han.

 Martin gav honom en lång blick och nu kände Adam igen vännen som han haft så mycket kul tillsammans med.

"Kan du förlåta mig för vad jag gjort?" sa Martin och såg med tvivlande blick in i Adams ögon.

"Jag förlåter dig", svarade Adam.

I det ögonblicket så slöt Martin båda sina ögon och utan att säga något mer släppte han taget och föll mot marken. Efter vad som kändes som en evighet hördes en dov duns därnerifrån.

Mannen i svart gav upp ett gällt skrik och plötsligt försvann han bakåt in i den mörka bubblan, tillbakapressad av Gaius krafter och var sedan helt borta. Gaius gick fram till räcket och sträckte ned sin ena hand. Utan problem lyfte han upp Adam på säker mark. De båda vännerna kramade om varandra.

"Tack igen!" sa Adam." Du har som vanligt räddat livet på mig".

"Ingen orsak", blinkade Gaius och log mot Adam. "Ta hand om din fru och ditt barn. Mitt uppdrag är klart".

"Vem var mannen i svart som du kämpade mot?" undrade Adam.

"Det svaret vet du nog om du tänker efter. Din son som ska komma är väldigt speciell, förstår du det? Du måste alltid hålla ett extra vakande öga på honom eftersom det alltid kommer finnas de som vill åt honom. Behöver du mig igen i framtiden så kalla på mig så kommer jag om det går". När de stod där exploderade dörren som ledde ut på taket innan Adam hann fråga Gaius vad han menade.

Brogan och Maria ramlade ut genom den trasiga dörren. Adam hade vänt bort blicken för att se vad som hände. När han vände sig mot Gaius igen var han som bortblåst. Åt vilket håll han än såg så var Gaius borta. Maria som hade rusat mot Adam kastade sig upp i hans famn. De kysstes och kramade varandra hårt. Ingen ville släppa taget om den andre. Till sist harklade sig Brogan och bröt förtrollningen mellan de båda.

"Vad var det som egentligen hände?" frågade han Adam.

Motvilligt släppte Adam taget om Maria.

"Martin är död. Han föll ned för taket när han försökte ta livet av mig", svarade han dovt. Trots allt kände han sorg när han tänkte på vännen. Martin hade bett om förlåtelse när de hängde där utanför räcket och när han hade fått förlåtelsen kändes det som om han på något konstigt sätt fick frid och bara släppte taget. Maria avbröt de båda med en jämmer. "Barnet! Det är dags nu".

Med gemensamma krafter lyfte det upp Maria i sängen som Adam tidigare hade legat i. Fort satte de fart mot utgången och hissen. Fem minuter senare var Maria inne på ett rum på barnavdelningen tillsammans med två barnmorskor som bestämt körde ut de båda männen. Adam fick nu tillfälle att berätta för sin chef vad som hade hänt. Adam utelämnade alla detaljer från andra sidan och berättade bara det som hänt efter att han vaknade upp. Brogan gjorde samma sak när det gällde det konstiga mötet hemma i köket och skyllde istället på sin intuition varför han så snabbt hade begett sig mot sjukhuset mitt i natten. Två timmar senare fick de båda männen gå in till Maria som nu hade en liten bebis insvept i en vit filt vid sin sida.

"Grattis! Det blev en pojke", sa en av barnmorskorna.

"Kan man tänka sig", svarade Adam och gick fram till det lilla underverket som gnydde tyst. Adam tog den lille handen i sin hand och tänkte på vad Gaius hade sagt. Märkligt att det blev en pojke ändå. Vad är det som är så speciellt med dig? Maria log när hon tittade på sin son och Adam.

"Tack gode gud. Tänk att vi alla tre kan vara tillsammans igen. Det trodde jag aldrig".

Brogan tittade nyfiket ned på gossebarnet där han stod vid Adams sida. Brogan tyckte att barnets blå ögon tittade på honom med en så intensiv blick att han häpnade. Vad märkligt. Det kändes som om pojken visste vem han var. Utan att egentligen vilja det släppte han gossens hypnotiska blick.

"Jag drar mig undan nu men vi ses imorgon igen", sa Brogan till de båda stolta föräldrarna.

"Bry er inte om polisen som kommer dom tar jag hand om. Förhöret med er båda kan vänta tills imorgon".

Han gick ut och med en sista blick på gossen stängde han tyst dörren efter sig.

Kapitel 38 - Dopet

Fyra månader hade gått sedan Adam vaknade upp och var tillbaks hos sin familj. Ibland undrade Adam om allt trots allt hade varit en dröm. Han hade inte berättat för Maria om det märkliga han varit med om där på andra sidan. Han ville inte oroa henne i onödan och dessutom skulle det säkert verka som om han var knäpp, eller hallucinerade. Han hade gjort ett halvhjärtat försök att berätta om sina upplevelser men Maria hade bara skrattat bort det hela.

"Du har drömt allting. Men vill du tro att det hänt så gärna för mig", sa hon och log mot honom.

Efter det så pratade han inte med någon om sina upplevelser. Kanske var det lika bra att det fick vara så. Polisen hade förhört honom och matchat Martins DNA med bevisen från mordet på sjuksköterskan. Ingen blev förvånad när det visade sig stämma. Adam hade blivit bedrövad när han hört om mordet på sheriff Mac Allister. Klart att Martin kunde misstänkas för det också utan att det gick att bevisa. Martin hade begravts utan några närvarande förutom sin mamma, prästen och kistbärarna två veckor efter att han föll ned ifrån taket. Adam hade gått till hans grav några dagar senare när ingen var där. Han hade satt ned en bukett med sommarblommor på graven och suttit där en stund försjunken i sina tankar. En ekorre hade kommit och satt sig på gravstenen och tittat på honom. Det kändes som om Martin skickade honom en hälsning att allt var bra nu och ingen ondska fanns där längre. Adam hade med en klump i halsen klappat på stenen när ekorren sprang iväg och gått därifrån med tunga steg. Trots allt som hänt på slutet så saknade han Martin som han också haft så roligt tillsammans med. De hade hjälpt varandra och till och med räddat varandras liv när de tillsammans hade bekämpat otaliga bränder. Sådant glömmer man inte i första taget. Han skulle aldrig riktigt kunna förstå vad som hände med Martin, men något hade svärtat ned hans själ och förmörkat hans sinne. Det var helt klart och tydligt.

Pojken som de hade fått växte hela tiden och verkade mer än nöjd och var nästan aldrig ledsen. Både han och Maria hade oroat sig över att han aldrig skrek så de hade ringt barnavårds-centralen. Barnmorskan som svarade hade skrattat åt deras oro.

"De som ringer mig brukar vara trötta på allt skrikande. Var glada över att er son är nöjd", hade hon sagt och lagt på luren. Sommaren närmade sig och det var dags för dop i kyrkan som låg mitt i staden. Maria hade fixat med en fin dopdräkt och alla deras vänner var inbjudna till dopet och middagen efteråt. Det fanns inte en plats ledig i kyrkan när de stod och väntade på prästen bakom sakristian. När prästen kom klev de ut vid altaret. Framför altaret fanns Jesus uppspikad på korset. Adam såg alla bekanta ansikten ifrån brandstationen och alla deras andra vänner. Hans chef Brogan satt längst fram på hedersplats. Brogan hade fått frågan om han ville bli pojkens gudfar och han hade med glädje accepterat erbjudandet. Adams ögon fylldes med tårar när han stod där framme bredvid sin hustru och deras lille son som nu hade fått mörkt lockigt hår och hade alldeles havsblå ögon. Alla som såg pojken förundrades just över hans ögon som var så blå och bottenlösa att man nästan drunknade i hans blick. Utan att förstå varför tänkte Adam på Gaius när musiken började. Vem var du egentligen och varför fanns du där för mig? Han mindes deras första möte och hur imponerad han hade blivit av Gaius uppenbarelse. När musiken hade tystnat började prästen ceremonin. Adam och Maria hade bestämt att pojken skulle heta John Alexander som en hedersbetygelse till deras bortgångna föräldrar. Dessutom tyckte Maria att John var ett mycket fint namn. Det skulle bli hans tilltalsnamn hade hon sagt med en min som visade att det var inget att diskutera.

Just namnet John betydde guds gåva vilket hon verkligen tyckte att gossebarnet var.

Pojken jollrade glatt när prästen tog honom i sin famn, hällde det heliga vattnet från dopfunten över hans huvud och gav honom hans nya namn. Prästen lyfte upp den lille högt över huvudet så alla kunde se honom. Han gav sedan pojken till Maria med orden."Här får ni något värdefullt, var rädda om honom".

Prästen log nu med hela ansiktet. Adam lyfte blicken mot Jesus figuren på korset. Bakom fanns en stor väggmålning som täckte halva väggen föreställandes Jesus på Golgata klippan, med jungfru Maria förtvivlat vridandes sina händer, ståendes på knä. Adam tittade närmare på bilden. Fyra romerska soldater var också avbildade. En av soldaterna stack sitt spjut i sidan på mannen som påstods vara guds son. Det var något väldigt bekant över bilden men han kunde inte sätta fingret på vad det var. Plötsligt förstod Adam och utan att kunna hjälpa det vacklade han till när han såg på bilden. Romaren som stack spjutet i Jesus var så bekant att det inte fanns några tvivel om vem det var. Adam tog ett djupt andetag och släppte målningen med blicken. Ingen i den fullsatta kyrkan verkade ha noterat hans sinnesrörelse. Efter dopet gick Adam fram till prästen som stod kvar vid dopfunten och läste i sin bibel.

Adam tackade för det fina talet och ställde sedan frågan som han var tvungen att ställa.

"Ursäkta min okunskap men mannen på bilden som håller i spjutet, vem var han?"

"Hurså!" undrade prästen förvånat.
"Är du intresserad av historia?"

Adam mumlade något otydligt och prästen som tolkade det som ett ja började berätta.

"Det där är en romersk soldat som hette Gaius Cassius Longinus. Han var född på Sicilien och för att imponera på sin flickvän Juliana Taglivine sökte han som väldigt ung till något som kallades Legion of the roman centurian. Det var ett romerskt elitförband", sa prästen nöjd med sina expertkunskaper. Han log självbelåtet när han fortsatte berättelsen för Adam.

"Enligt sägnen så stack denne Gaius Jesus med spjutet när han hängde där på korset och det var det som orsakade det femte heliga såret. Somliga lärda menar att det var det direkt dödande sticket som gjorde slut på vår herre. Sägnen berättar vidare att romaren som var en mycket ryktbar soldat och kämpe som straff fick leva för evigt. Fördömd att vandra ensam från värld till värld. Alltid kämpandes på de godas sida men aldrig själv få sinnesfrid. Men som sagt det där är bara en skröna", avslutade prästen.

Adam tackade prästen. Nu äntligen förstod han vad det var som hela tiden hade tyngt hans vän och varför han inte velat berätta något.

Skammen för vad Gaius hade gjort måste ha varit outhärdlig för honom. "Du är förlåten", mumlade han för sig själv." Du visste inte bättre. Hoppas du fått sinnesfrid nu var du än befinner dig. Din skuld är betald och jag kommer aldrig att glömma dig gamle vän. Utan dig hade jag aldrig stått här". I samma ögonblick som han sagt det öppnade vaktmästaren kyrkporten och ljuset och sommarvärmen strömmade in och fyllde kyrkan.

Det kändes precis som om Gaius var närvarande och hade hört hans ord och tankar och nu tyckte det var dags att gå vidare. Adam gick fram och tog sin hustru i handen. Hon log mot honom och tillsammans med barnet och alla deras vänner gick de ut i det strålande solskenet för att tillsammans möta den framtid som nu var deras.

Ingen av alla gästerna som varit där lade märke till den svarta korpen på kyrkans tak. Intensivt stirrande med sina svarta ögon på människorna därnere. När alla lämnat platsen satt den kvar länge, innan den med ett hest skrik lyfte mot skyn. När den flög iväg på sina kraftiga vingar kunde man på långt håll få för sig att det var en svart hatt och inte en fågel om steg allt högre upp tills den försvann som en liten prick i horisonten.

Douglas Fredriksson

Författarens slutord

Alla platser och personer i den här berättelsen är påhittade utom väpnaren Gaius. Han har funnits på riktigt och var en romersk legionär som också befann sig på Golgataklippan när Jesus dog. Däremot vad som hände med honom och vilket eventuellt straff han fick för det han gjorde är det ingen som vet.........